QUATRIEME
GENERATION

<u>Personnages</u>

SUZANNE, *la grand-mère*

MARIE, *la mère*

FANNY, *la fille*

JULIA, *la petite-fille*

SUZANNE :

D'aussi loin que je me souvienne, il me semble que je l'ai toujours connu. J'ai grandi dans un petit village où tout le monde se connaissait. Son père était instituteur, le mien tenait une épicerie. Enfin, devrai-je plutôt dire l'épicerie, la seule du village. Je me souviens d'un gamin qui jouait aux billes accroupi devant le café où se rendait son père tous les soirs. L'épicerie de mes parents se trouvait juste en face. Debout derrière la vitrine, je le regardais parfois, jusqu'à ce que mon père ou ma mère ne me rappelle à l'ordre pour que j'aille faire mes devoirs.

Je n'étais pas amoureuse de lui à l'époque. On ne peut pas décrire cela comme ça. Disons que j'avais plutôt une sorte de fascination pour ce garçon aux yeux bleus qui s'amusait à tirer les cheveux des filles qui passaient trop près de lui. Il n'était pas très bavard. Lorsque mes parents croisaient les siens à la sortie de l'église le dimanche, et qu'ils se mettaient à bavarder, il baissait la tête, regardait ses pieds et feignait de jouer avec un caillou. Je ne devais pas l'intéresser. Les filles c'est nul, surtout quand elles sont sages et qu'elles se mettent à geindre dès qu'on les bouscule. Toujours à avoir peur qu'on salisse leurs beaux vêtements.

Il fallait dire que ma mère m'habillait comme une vraie poupée à cette époque. A la moindre occasion, elle me faisait enfiler des robes pleines de dentelle et de froufrous et me faisait faire des anglaises au fer à friser. A ce moment là l'expression « souffrir pour être belle » prenait tout son sens : je me trouvais tellement jolie dans la glace mais le fer me brûlait à chaque séance de frisage. Et la robe m'empêchait de bouger comme je le souhaitais. Je ne rechignais pourtant pas, je devais d'abord être une petite fille modèle avant de de devenir une sage et vertueuse jeune femme puis une épouse et mère dévouée. C'est un schéma qui me convenait, il ne me serait jamais venu à l'esprit d'aller à son encontre.

Mon enfance n'a pas été malheureuse. Tout s'est déroulé dans une ambiance de légèreté, l'époque voulait ça. J'allais tous les jours à l'école à pieds, en toutes saisons, mon cartable en cuir à la main. Je n'aimais pas particulièrement l'école, ce que j'aimais c'était y retrouver mes amies, jouer avec elles, leur dire mes secrets. Je n'étais pas mauvaise élève, mais je n'étais pas brillante non plus. J'avais vite tendance à m'ennuyer. Comme j'avais peur de me faire disputer par mes parents, je faisais le strict minimum pour avoir des notes correctes. A la fin de la journée, je retournais chez moi toujours à pieds. J'entrais par la boutique où ma mère se tenait derrière le comptoir, et elle me disait : « Comment était l'école ma poupée ? » Et je lui répondais : «Ça c'est bien passé. »

Je passais ensuite dans l'arrière boutique, notre maison. Je m'asseyais à la table de la cuisine. J'attendais quelques instants, avant de voir paraître Maman qui me servait un verre de lait et me faisait une tartine de confiture.

Ma meilleure amie Françoise était la fille du boucher. Joséphine et Gisèle nous rejoignaient parfois. Nous chantions, nous riions, nous nous racontions des histoires sur notre futur, sur l'homme que nous allions épouser. Sera-t-il beau ? Quel métier fera-t-il ? Dans quelle maison habiterions nous ? Combien d'enfants aurons nous ? Tout cela nous semblait si lointain.

Les jours où il n'y avait pas école, nous allions chez l'une ou chez l'autre, apportons nos plus beaux poupons pour jouer à la maman. Nous faisions semblant de donner le biberon ou de bercer un bambin que les dents faisaient souffrir. Je voulais absolument devenir une bonne épouse, et une bonne mère. Je n'avais pas d'ambition de carrière. Mon jeune frère reprendrait l'épicerie de mes parents de toute façon. J'irai m'installer avec mon mari, et j'élèverai ses enfants. Je m'y voyais déjà. Je me voyais quelques années plus tard, croiser le regard d'un bel inconnu sur la place du village. Il m'inviterait à faire une ballade et en me ramenant chez mes parents, il leur demanderait ma main. Il s'avérerait que ce jeune homme en question était un riche héritier et que nous irions alors nous installer à deux pas de là dans une immense demeure. Et nous ferions 6 enfants. Qui nous feront un tas de petits enfants.

J'ai fini par grandir et j'ai obtenu mon certificat d'étude de justesse. Il n'y avait pas de collège à proximité de chez moi. Je pouvais tout à fait arrêter l'école, mais mon père voulait une meilleure éducation pour moi. Je me suis donc retrouvée inscrite en pension à 100km de là, loin de ma famille et de mes amies, dans un collège tenu par des sœurs. Mes quatre années là bas m'ont paru bien longues. La petite poupée que j'étais n'avait plus droit aux coquetteries dont m'affublait ma mère. L'éducation dispensée là bas était stricte : on devait se tenir droites et porter, même le dimanche cette horrible blouse noire en laine qui me grattait en permanence. Moi qui ait toujours étais une jeune fille bien sage, la rigidité qui régnait au pensionnat me donnait une furieuse envie d'être dissipée. En secret je rêvais de déposer de la colle sur la chaise de notre professeur de français qui n'hésitait pas à abuser de la règle en bois quand nous ne connaissions pas nos leçons. Je me souviens de mon tout premier cours dans ce lycée, un cours de catéchisme. J'avais eu l'audace de mettre un ruban dans mes cheveux ainsi que les boucles d'oreilles en or que mes parents venaient de m'offrir. Je me suis retrouvée en retenue pendant toute une semaine, à recopier encore et encore des passages de la Bible. Mes parents ont aussitôt étaient prévenus par courrier du comportement de leur fille. Je ne me suis jamais sentie aussi humiliée.

Je ne pouvais rentrer qu'à chaque vacances scolaires. Et cette fois-ci lorsque je suis revenue chez mes parents, mon père m'a mis une gifle qu'il estimait bien méritée. J'ai éclaté en sanglots. Quand mon père a eu le dos tourné, ma mère est venue me consoler et me dire que l'on n'avait pas à punir une jeune fille qui cherche à être jolie, et qu'elle aurait sûrement fait la même chose que moi au même âge.

Je suis donc allée pendant quatre ans dans ce collège, travaillant dur, me tenant droite en permanence. Ce que les religieuses ne savaient pas, c'est que lorsque nous nous retrouvions au dortoir seules, je me mettais alors à amuser la galerie en racontant des histoires, en chantant des chansons, ce qui m'a accordé une forte popularité auprès de mes camarades qui avaient besoin de se détendre dans cette ambiance pesante. J'avais réussi à trouver une cachette dans le plancher sous mon lit où je cachais des magasines de mode que je contemplais les yeux plein d'admiration pour ces modèles luxueux que portaient les dames des grandes villes. J'avais aussi dégotté un roman d'amour parlant d'une jeune fille tout juste sortie de pension qui croise la route d'un Lord anglais qui après bien des déboires finit par l'épouser et l'emmener dans son château dans la campagne anglaise. Les sœurs nous apprenaient la chasteté, nous invitant à épouser un homme capable de subvenir aux besoins d'une famille. Je rêvais plutôt d'un lord anglais que j'aimerais, et qui m'aimerait, jusqu'à la fin des temps.

Puis j'ai eu quinze ans et le mois suivant, je quittais la pension avec mon diplôme du brevet. J'allais vivre mon dernier été d'insouciance. En septembre de la même année, l'Allemagne envahissait la Pologne, entraînant la déclaration de guerre de la France et des Alliés.

MARIE :

Après un premier garçon, ma mère espérait que son second enfant soit également un garçon, un petit homme qui soit la version miniature de celui qu'elle avait épousé. C'était raté. En ce jeudi 10 février 1950, c'est une petite fille qui a pointé le bout de son nez. Je ne pense pas que ma mère ait été déçue. De toute façon, elle ne voulait pas se limiter à ces deux enfants, elle voulait une vraie tribu.

Je suis née chez ma grand-mère. Mes parents habitaient Paris, mais ma mère ne voulait accoucher qu'en présence de la sienne, de mère. C'est pour cela que je suis née du côté de Reims.

Notre appartement rue Laffitte était plutôt petit, mais à l'époque les enfants du quartier pouvaient jouer dans la rue sans craindre quoi que soit. Mon père était comptable, je me souviens qu'il allait tous les jours travailler en métro. Ma mère restait à la maison, son activité se résumait à aller au marché les mercredis et vendredis, nous emmener au square place Saint George ou manger des gaufres sur les Grands Boulevards.

Tous les étés, nous partions en train vers les plages de la Rochelle. C'était alors la course entre les valises qui n 'étaient pas entièrement terminées, nous les enfants qui traînions, nous devions ensuite courir vers la bouche de métro la plus proche de chez nous, direction la gare.

Le voyage me semblait interminable, j'étais une petite enfant, il m'était difficile de rester assise plusieurs heures d'affilées avec pour seule occupation ma poupée, un livre d'histoire et le paysage qui défilait sous mes yeux. Heureusement, il arrivait toujours un moment où je m'endormais, la tête posée sur les genoux de mon père.

Nous arrivions le soir à la gare de la Rochelle et nous marchions ensuite jusqu'à cette petite maison appartenant à la famille de mon père. A moitié endormie à cause du voyage, j'avais l'impression de faire le chemin en somnambule. Ma mère me mettait alors au lit dans la chambre que je partageai avec mon frère. Je me réveillais très tôt le lendemain matin, excitée par le chant des mouettes et me précipitais dans la chambre de mes parents. Je n'en pouvais plus d'attendre d'aller à la plage, de mettre les pieds dans le sable dans la mer, de courir dans tous les sens.

Je sais que ça énervait ma mère de me voir aussi turbulente, elle aurait préféré une sage petite poupée, assise dans un coin dans sa belle robe de princesse. Au lieu de ça, elle avait hérité d'une mini tornade qui fatiguait tout le monde. Exténuée, elle finissait toujours par me dire :« Tiens toi tranquille, veux-tu ! Ce n'est pas comme ça qu'une petite fille modèle doit agir. Que vont dire les gens ? Crois-tu vraiment que tu trouveras un mari un jour, si tu continues comme ça ? »

Me trouver un mari. Maman j'avais 4 ans, tu pensais vraiment que je cherchais à me marier ? Même adulte je n'ai jamais cherché de mari.

Cette année-là, je trouvais maman plus fatiguée que d'habitude, elle ne me courait plus après comme avant, elle se contentait de m'appeler lorsque je m'éloignais. Ou bien mon père s'en chargeait.

Je ne voyais pas beaucoup mon père le reste de l'année, je le découvrais au moment des vacances. Je le regardais lire son journal, assis à la table du salon. J'étais intimidée. Puis il baissait les yeux et me voyait en train de le regarder. Il me faisait une grimace, ça me faisait rire et il me prenait sur ses genoux, m'embrassant sur le sommet du crane. Je restais sans bouger pendant qu'il lisait son journal, respirant son parfum, l'eau de Cologne que ma mère lui offrait tous les ans pour sa fête.

Je m'entendais plutôt bien avec mon frère. Nous n'avions pas tout à fait deux ans de différence. On jouait à chat, on faisait des pâtés de sable. J'aurai aimé pouvoir grimper aux arbres comme lui, ou jouer aux petites voitures. Mais dès que ma mère me voyait l'imiter, elle intervenait, me demandant de jouer à la poupée, ou de faire un dessin plutôt. Maman, tu voulais un deuxième garçon n'est-ce pas ? Ne soit pas étonnée alors.

Puis nous sommes rentrés à Paris. La vie a repris son cours : mon père qui allait travailler en métro, nos jeux dans le square ou dans la cour de l'immeuble. Mon frère venait de rentrer à l'école primaire. Il avait un beau cartable de cuir, des cahiers, des crayons, j'étais jalouse. Maman ne m'avait pas inscrite à l'école maternelle, elle préférait me garder avec elle. D'ailleurs, elle m'avait appris à compter, à écrire mon nom et mon prénom. Mais quand même, j'aurais bien voulu aller à l'école avec mon frère, qui s'était fait un tas d'amis.

Il y avait quand même quelque chose d'étrange avec Maman. J'avais l'impression qu'elle était plus lente, plus fatiguée, plus irritable. Je pensais qu'elle en avait marre de moi et je faisais un effort pour être plus sage. Mais rien n'y faisait. Parfois même c'était Papa qui débarrassait la table le soir, chose qu'il ne faisait jamais avant.

Puis vinrent les fêtes de fin d'années.

Comme tous les ans, nous allions chez mes grand-parents où avez lieu les festivités. Mon père ne restait que pour le jour de Noël, retournait travailler puis revenait pour la saint Sylvestre. Cette année-là, au lieu de repartir avec Papa au 1e janvier, Maman et moi sommes restées chez Mamie. Mon frère est parti avec mon père.

Je ne sais pas combien de temps nous sommes restées là-bas. Puis un jour, toute la maison s'est mise à s'agiter. Ma mère est allée s'isoler dans sa chambre. Je voulais aller la rejoindre mais grand-mère me l'avait interdit. Mon grand-père est alors arrivé avec un monsieur qui portait un gros sac, presque aussi gros que moi, je devinais que c'était un médecin. Mon grand-père m'a alors emmené me promener, il faisait très froid, de la fumée sortait de ma bouche. Nous nous sommes assis dans un café et j'ai bu un chocolat chaud. Il y avait de la buée sur la fenêtre, je me suis mise à dessiner dessus avec mes doigts. En face du café, il y avait un square avec un toboggan, nous y sommes allés faire un tour. Puis on est rentrés.

A la maison, la tension n'était plus là, il y planait plutôt une atmosphère triste. Est-ce que ma mère était malade ? Ma grand-mère avait un air grave. Elle s'est isolée dans la cuisine pour parler à mon grand-père, en chuchotant. Je les ai rejoins j'ai demandé où était Maman. Grand-mère m'a alors dit que je pouvais aller la rejoindre dans sa chambre. Je suis montée à l'étage. Ma mère était allongée dans son lit, les traits tirés, les yeux rouges. Quand elle m'a vu entrer, elle m'a attiré à elle et m'a serré contre elle. Maman, pourquoi tu pleures ? Elle m'a répondu « Ce n'est rien, Maman est juste très fatiguée. Je t'aime ma princesse. » . Je t'aime aussi Maman

----

FANNY :

Je n'ai pas connu mon père, du moins je n'ai pas connu mon vrai père. Certains jours ma mère me parlait de comment il était, ce à quoi il ressemblait, ce qu'il aimait, comment ils s'étaient rencontrés. D'autres fois, elle me disait qu'elle ne savait pas avec qui elle m'avait conçu, qu'elle en avait aimé plusieurs à la fois. Je me demandais alors si je n'étais pas issu d'une relation adultère, et que ma mère ne l'assumait pas.

J'ai grandi dans un appartement en banlieue parisienne, à Élancourt précisément, seule avec ma mère. Je l'admire pour tout les sacrifices qu'elle a fait afin que j'ai une enfance heureuse, qu'il ne me manque jamais rien. Elle travaillait beaucoup, elle était infirmière à l'hôpital Charcot, au Plaisir. La plupart du temps, lorsqu'elle travaillait, j'étais gardée par Mme Bouton, une dame d'une soixantaine d'année qui habitait deux étages en dessous du notre. Je n'aimais pas comment ça sentait chez elle, cette odeur très particulière, mélange de médicaments, de produits ménagers et de biscuits cuits au four.

Je préférais quand maman me laissait chez la famille Zerfaoui qui habitait sur le même palier, parce qu' ils avaient quatre enfants. Fouzia, qui avait mon âge, était ma grande copine. On était dans la même classe et on était inséparable. On l'a été jusqu'à notre adolescence, jusqu'à ce que je dérape.

Maman, pourquoi je peux pas aller chez Fouzia ? « Ses parents travaillent aujourd'hui. »

Mais j'aime pas aller chez Mme Bouton. « Je sais mon ange mais nous n'avons pas le choix. Allez, dépêche toi je suis déjà en retard. »

Ma mère était toujours pressée, chacune de ses actions étaient minutées. Malgré cela nous étions tout le temps en retard et devions courir: pour aller à l'école, pour aller chez les voisins, pour aller voir mamie.

J'aimais beaucoup ma grand-mère, elle était belle, elle ne faisait pas aussi vieille que Mme Bouton, elles avaient pourtant presque le même âge. Ma grand-mère s'habillait toujours en noir, les cheveux attachés en un chignon strict. On aurait dit une de ces veuves sicilienne. Un jour la voisine de palier de Mamie m'a dit que les seules fois où elle la voyait sourire, c'est quand ses enfants venaient chez elle.

J'aimais beaucoup aller chez Mamie, parce qu'elle habitait la grande ville, que ça bougeait beaucoup, et qu'elle m'emmenait toujours au cinéma, et parfois au théâtre. Mamie, elle me disait alors :

« Il faut te sortir un peu de ta banlieue. Tout est si pauvre là bas, rien pour se divertir. Je me demande ce que ta mère est partie faire là-bas. Je n'ai pas envie que tu deviennes une sauvageonne inculte. Mon Dieu, et ces vêtements ! Ma pauvre chérie, la prochaine fois que tu viens, je t'achète une nouvelle robe. »

Tu as bon goût Mamie en matière de robe, mais tu sais, Maman ne me les faisait enfiler que quand on allait chez toi. J'avais alors l'impression d'endosser un rôle, mettre ma robe me transformait en un autre personnage, la petite fille que ma grand-mère voulait que je sois.

Mais ce que j'aimais surtout c'est quand mon oncle Yves venait déjeuner avec sa femme Annick.

Annick était belle, je pense même qu'elle était plus belle que Maman et Mamie. Enfin non, ce n'est pas qu'elle était plus belle, je dirai que c'était une beauté qui résonnait différemment en moi. Elle avait de longs cheveux noirs et elle maquillait beaucoup ses yeux, ce qui lui donnait de longs, très longs cils. Pour me dire bonjour, elle me serait toujours très fort dans ses bras et m'embrassait sur la joue. Son cou, ses cheveux sentaient tellement bon. Elle était grande, très mince, sa démarche me faisait pensait à celle de la maman de Bambi. Mamie m'avait emmenée voir le film.

Un jour, Annick et Yves m'ont emmené en vacances avec eux à la mer. On a pris la 4L de mon oncle dans laquelle on a entassé les valises. Je suis restée silencieuse pendant tout le trajet, de peur de les ennuyer et qu'ils décident de faire demi tour pour me déposer chez moi. Mais au fond de moi, j'étais surexcitée. Mon oncle et ma tante avaient loué un appartement avec vue sur la mer à Saint Jean de Luz. Il y avait deux chambres, et j'entendais de la mienne les voix d'Yves et

Annick qui discutaient dans la leur le soir.

Les vacances se sont écoulées comme dans un rêve : je me levais et prenais mon petit déjeuner devant les dessins animés puis nous faisions un tour au marché. Après déjeuner nous allions à la plage où Yves m'offrait une glace pour le goûter. Le soir, nous faisions une promenade en bord de mer. Le temps semblait s'être arrêté, du moins j'aurais voulu qu'il en soit ainsi.

J'admirai de plus en plus Annick, son sourire plein de chaleur, son corps à peine caché par son bikini. J'avais besoins d'être proche d'elle physiquement, ce qu'elle devait sentir car elle n'hésitait pas à se montrer très câline, très tactile. Je ne manquais pourtant pas de tendresse avec ma mère. Je ressentais une sorte de fascination pour cette femme, qui n'était pas une mère, pas une simple épouse, qui sortait du rang de par son métier d'artiste. Yves et elle appartenaient à un groupe de musique dans lequel il faisait de la guitare et où elle s'occupait du chant.

J'ai fait mon complexe d'Oedipe non pas avec mon oncle, mais avec elle. Elle a été la figure qui a inspiré la femme que je suis devenue, qui a inspiré les conquêtes que j'ai eu. Je rêvais qu' Annick finisse par m'adopter que nous allions vivre toutes les deux dans un grand appartement avec plein de lumière. Par je ne sais quel moyen, en même temps j'avais 5 ans, un bébé arrivait dans notre vie, une petite fille dont j'étais à la fois la grande sœur et la maman.

A la façon dont Annick et Yves s'occupaient de moi, je comprenais qu'ils aimaient les enfants. Pourquoi alors deux personnes qui les apprécient à ce point n'étaient-ils pas des parents comme tant d'autres personnes ? Un jour que j'étais assise sur les genoux d'Annick, je lui posais la question qui me triturait l'esprit depuis un moment . « Annick, pourquoi Tonton et toi vous avez pas d'enfants ? » «Parce que c'est comme ça. » Et je vis qu'elle pleurait.

Annick et Yves ont fini par se séparer. Lui a fini par refaire sa vie avec une femme qui lui a donné trois enfants, c'est un bon papa, mais je vois bien qu'il n'est pas aussi amoureux de ma tante qu'il a pu l'être de Annick. C'est triste de séparer pour une question de fertilité. Quant à Annick, la dernière fois que je l'ai revu j'avais 7 ans. D'après Yves, elle est partie vivre aux États-Unis où elle mène une carrière réussie de plasticienne.

SUZANNE :

Ce matin-là, mon père venait d'ouvrir l'épicerie quand M. Lemoine, le cafetier d'en face est entré en trombe. « L'Allemagne a envahi la Pologne » a-t-il dit. Mon père, après un temps, a répondu « Il fallait s'y attendre ». Depuis la cuisine, où je prenais mon petit déjeuner, j'entendais leur conversation. Je ne comprenais pas les enjeux de ce qu'il se passait. Les noms de Hitler et Staline étaient mentionnés, je savais qui ils étaient mais sans plus d'information.

Lorsque monsieur Lemoine fut parti, je suis sortie de la cuisine. A son visage, j'ai compris que les choses étaient bien plus graves que ce que je pensais. « Est-ce qu'il va y avoir la guerre ? » Mon père a dit « La France ne peut pas laisser passer ça »

Les deux jours suivant, le poste de radio était allumé en permanence. Le dimanche, au lieu de nous accompagner ma mère, mon frère et moi dans notre promenade, mon père était resté assis près de son poste de radio, fébrile. Ma mère aussi était inquiète, mais notre sortie a dissipé sa crainte. A notre retour, mon père nous a annoncé, dans un soupir de soulagement que la France et l'Angleterre déclaraient la guerre à l'Allemagne.

Mon frère, dans un élan patriotique, se préparait à aller se battre. Dans un an il aurait

18 ans et aurait l'âge d'aller au front. Il empruntait le fusil du père de Joséphine, qui était chasseur en plus d'être boucher. Je le voyais partir de bon matin faire une ballade qui durait des heures, le fusil à l'épaule, pour s'entraîner à tirer sur des conserves déposées sur une barrière au milieu des champs.

Je venais de commencer un emploi chez Mme Lepine, couturière. Je partais dans sa boutique de retouche tôt le matin, rentrais déjeuner le midi et finissais ma journée vers cinq-six heures. Nous ne parlions désormais plus à table, nos repas s'accompagnaient des voix sortant du poste de radio.   Nous n'entendions plus les chansons d'avant. Nos repas étaient rythmés par l'annonce d'invasion, de bataille, d'offensives.

Puis nous avons appris que la fin des hostilités entre la France et l'Allemagne avait été signée. J'ai voulu sauter de joie, me disant que ça y est, cette affreuse guerre était finie. Mon frère a dit, brusquement « Nous sommes des lâches »

J'ai compris que c'était loin d'être fini. Désormais avec mon père, ils parlaient entre hommes à voix basse dans la cuisine. J'essayais de laisser la vie suivre son cours. Parfois je demandais à Maman « Tu comprends quelque chose à cette guerre ? »

Elle me répondait « Ces choses-là sont des affaires d'hommes et ne nous regardent pas. Contentons nous de faire ce que nous savons bien faire. »

Malgré tout, le bal du 14 juillet a quand même eu lieu en 1940. Je venais d'avoir 16 ans. A la façon qu'avaient les gens de danser, on pouvait sentir que tout cela n'était qu'une façade pour oublier quelque temps l'occupation.

Je venais d'arriver quand un jeune homme s'est approché de moi. « Suzanne ? Tu te souviens de moi ? »

Ces yeux... Cet air familier.... Ce pourrait-il que ce bel inconnu soit le petit garçon qui me tirait les cheveux enfants ?

Georges ? Je ne t'avais pas vu depuis des années. Il m'a raconté qu'il était en apprentissage chez un comptable à Paris. Il m'a dit qu'il avait failli ne pas me reconnaître maintenant que je ne portais plus de tresses, et que j'étais plus jolie ainsi.

Il m'a demandé alors de lui accorder une danse, puis une seconde, une troisième... Lorsque je suis rentrée chez moi ce soir là, j'ai su que j'étais amoureuse.

Le lendemain, je l'ai vu entrer dans la boutique de Madame Lepine. Il a feint la surprise en me voyant. J'étais très naïve à l'époque, mais j'ai tout de même compris ses intentions. Je me souviendrai toujours des mots qu'il a eu en sortant « J'espère avoir le plaisir de te revoir bientôt ». Mon cœur n'a alors fait qu'un bon, seuls ma pudeur et mon éducation m'ont empêché de me jeter à son cou et de lui murmurer les sentiments qui naissaient en moi.

Les jours suivants, je le croisais toujours « par hasard » au village. Nous échangions quelques phrases, disons que c'était plutôt lui qui faisait des phrases, moi je balbutiais quelques mots, rougissante.

Puis il y eu le 28 juillet. Oui c'est cela, le 28 juillet précisément. Ce jour-là, il est venu m'attendre à la sortie de la boutique à l'heure de fermeture. Il m'a proposé une ballade, pas longue, avant de me raccompagner chez moi. Nous nous sommes éloignés du centre du village pour nous engager vers des petits chemins verdoyants. Il s'est comporté en vrai gentleman. Le vent avait fait s'envoler mon chapeau et il s'est empressé de me le rapporter. Ses yeux se sont alors posaient sur les miens et j'ai enfin compris ce qui était décrit dans les romans d'amour que je lisais : c'était lui ma grande histoire, mon prince charmant, mon futur mari. Il m'emmènerait dans une grande et belle maison que nous peuplerons d'une ribambelle d'enfants. Doucement, très doucement, il a approché son visage du mien et a posé ses lèvres sur les miennes. Le premier et le dernier homme que j'ai embrassé.

Tous les soirs, il venait me chercher devant la boutique pour notre ballade quotidienne, et nous échangions de pudiques baisers à l'abri des regards.

Ma parenthèse enchantée s'est refermée début septembre quand il dut repartir à Paris pour son apprentissage. Juste avant son départ, il m'avait promis de m'écrire tout les jours. Le quotidien était bien morose loin des bras de mon aimé, qui fort heureusement, avait tenu sa promesse. La peur fit son apparition, en même temps que les soldats allemands qui passaient de temps à autre dans le village. Madame Lepine jouait de son charme auprès d'eux, moi je tremblais dès que je me retrouvais à gérer la caisse en leur présence.

Mon frère est parti en apprentissage dans le sud, d'après ce qui m'a été raconté. Je n'ai jamais eu la certitude de ce qu'il y a réellement fait. Aujourd'hui encore, il ne m'a rien raconté. Maman pleurait tous les jours, beaucoup, car elle n'avait pas de nouvelles de son fils. Elle arrivait à prendre sur elle en public, afin que les autres ne se doutent de rien.

Je m'inquiétais également pour George, qui ne m'écrivait plus qu'une fois par semaine. Et s'il avait trouvé une autre fiancée, une jolie parisienne ? Nous nous voyions si peu.

A l'été 1945, peu de temps après l'armistice, George s'est présenté à mon père pour lui demander ma main, ce qu'il a accepté. Nous nous sommes de nouveau retrouvés séparé un an lors de son service militaire.

MARIE :

Je suis devenue une jeune fille en quatrième. Je n'étais pas préparée à ça. Maman ne m'avait rien expliqué. J'étais effrayée. Heureusement pour moi, cela ne m'est pas arrivé à l'école, mais sur le chemin du retour. J'avais eu mal au ventre toute le journée, ce qui a dérangé ma concentration en classe. Alors que je marchais sur le trottoir en face de l'école, j'ai senti quelque chose me couler le long de la jambe. J'ai vu avec effroi que c'était du sang. Je me suis précipitée chez moi en larmes, persuadée que j'étais atteinte d'une maladie grave. Lorsque j'ai passé la porte de chez nous, j'ai appelé ma mère en hurlant à plein poumons, lui disant qu'il fallait appeler un docteur et vite. Maman a alors accouru, affolée, me demandant ce qu'il m'arrivait.

Quand je lui ai dis que j'avais mal au ventre et que je saignais, son visage a changé. L'affolement s'est transformé en un mélange de soulagement et de nostalgie. Elle m'a emmené dans la salle de bain.

Pourquoi avoir attendu tout ce temps pour m'expliquer ce qu'est une femme, Maman ? Tu penses que le fait de savoir m'aurait privé de mon enfance ? Que j'aurais passé mes journées à attendre cette échéance qui ferait de moi une femme ? Tu m'as dit que j'en étais une désormais, ce sont tes mots.

Cela ne m'arrangeait pas de grandir, de ne plus pouvoir grimper aux arbres et jouer à chat avec mon frère. Il fallait que je fasse semblant de m'intéresser aux mêmes choses que mes camarades de classe : notre apparence, les garçons, les chanteurs à la mode.

La première catégorie ne m'intéressait absolument pas. Je n'ai jamais su comment m'habiller, comment savoir si telle couleur allait avec telle autre. Je laissais Maman choisir les habits que je portais le lendemain. Je l'ai laissé faire jusqu'au jour où j'ai quitté la maison. Pour mes cheveux, je décidais de les laisser pousser jusqu'au milieu du dos et de les porter détachés la plupart du temps. Quant au maquillage, c'est un mot qui même aujourd'hui ne fait pas partie de mon vocabulaire.

Je ne m'intéressais pas aux garçons. Nous vivions à côté les uns des autres sans nous voir. Et c'était très bien comme ça.

La musique par contre était ma vraie passion et tous les soirs je me précipitais pour écouter « Salut les Copains » à la radio. Un vrai rituel. Avec mon argent de poche, j'achetais le magazine du même nom et je collectionnais les photos de mes chanteurs préférés. Françoise Hardy était ma préférée et j'espérais copier son look. Si seulement ma mère m'avait laissé porter des pantalons comme elle.

Au début de l'année 1964, Chantal, la seule fille avec qui je m'entendais bien à l'école, m'a proposé de l'accompagner à l'Olympia voir Sylvie Vartan. Je crois qu'elle avait eu les places par son père. Ce n'était pas ma chanteuse préférée, mais au moins c'était l'occasion d'assister à mon premier concert. J'ai eu une révélation en voyant les Beatles en première partie : le rock n'roll est devenu ma musique préférée. Je me suis mise à m'appliquer en cours d'anglais afin de comprendre les paroles des chansons des groupes étrangers qui passaient à la radio. Maman s'inquiétait que cela ait une mauvaise influence sur moi.

Elle s'inquiétait pour rien, cela ne m'aidait

qu'à m'épanouir, cette musique m'inspirait tellement, je rêvais de vivre comme ces rock stars, au lieu de vivre ma vie de jeune fille sage et bonne élève. Non, le rock n'avait pas une mauvaise influence sur moi. Il me permettait de croire en moi, de me dire que je pouvais réussir tout ce que je désirais, comme devenir médecin.

C'est Marc qui a eu une mauvaise influence sur moi. Si j'avais su en voyant débarquer au lycée ce jeune homme qui portait les cheveux longs de façon désinvolte, ce visage d'ange au sourire narquois, je ne me serai pas laissée tomber amoureuse. Ma vie allait se jouer à ce moment-là.

Nous étions tous deux dans des filières différentes, lui passait le bac A2, moi le D. Toutes les filles se pavanaient devant lui et à la sortie des cours, il en avait à chaque fois une différente au bras.

J'ai d'abord méprisé son attitude qui ne correspondait pas aux pensées féministes qui germaient en moi. Un homme qui change de femme tous les jours ne pouvait pas les respecter. En réalité, je ne voulais pas m'avouer que je rêvais d'être à leur place.

La première fois qu'il m'a adressé la parole, c'était au début de l'année 1968. Notre lycée avait organisé une exposition de peintures réalisées par la classe d'art plastique. Aucun des tableaux présentés ne révélaient un quelconque talent. Il y en a eu un qui a attiré mon attention, non pas parce que c'était un chef d'œuvre, mais parce que ces formes abstraites, ce coloris rouge omniprésent remuaient quelque chose en moi.

Il est arrivé derrière moi « Ça te plaît ? » Je n'osais pas me retourner. « Je ne saurais pas dire si ça me plaît, mais ça me parle, ça me parle beaucoup ». « Alors nous avons plus de points communs que je ne le pensais. » Et il est reparti.

Les jours suivants, alors que je tentais de l'ignorer comme à mon habitude, il me souriait en me croisant dans les couloirs. Au début je ne savais pas comment réagir, mais à force d'insister, je me suis mise moi aussi à lui sourire.

Le jour de mes 18 ans, mes parents m'ont offert mon premier jean. Qu'il était beau ! Je l'ai mis dès le lendemain au lycée. Je me sentais sûre de moi dedans, je n'avais plus l'impression de jouer un rôle. Et ça a plus à Marc, qui s'est approché de moi alors que j'attendais pour entrer en cours. « Tu es très attirante». Et il m'a invité à prendre un verre après le lycée.

Je pensais que nous irions dans le café d'en

face, mais il a préféré m'emmener ailleurs, où il y aurait moins de gens que l'on connaît. Il a pris un verre de vin pour jouer les adultes connaisseurs. Je l'ai imité. Il m'a posé des questions sur moi, sur mes goûts. Il m'a dit qu'avant d'être à Paris il vivait à Londres où le rock était bien plus vivant. Tout ce qu'il disait me passionnait. Il m'a proposé de venir chez lui, ses parents étaient absents. J'aurais dû dire non. J'ai dit oui.

Il habitait un vaste appartement à deux pas de là où nous étions. Ses parents étaient riches. Nous sommes allés dans sa chambre et il a mis un disque, « Nights in white satin ». Il m'a dit « tu danses ? » et on a dansé l'un contre l'autre. J'avais déjà dansé avec des garçons, j'en avais même embrassé quelques uns pour le principe mais je n'aimais pas ça. Ce soir là pour la première fois, ça m'a plus. Énormément, follement, passionnément. A un tel point que je l'ai laissé me déshabiller sans me rendre compte totalement de ce que je faisais, emportée par un tourbillon d'émotions, de sensations encore inconnues. Je suis rentrée chez moi dans un état second. Ce n'est que le lendemain matin que je me suis rendue compte de ce qui c'était passé.

Marc et moi sommes devenus un couple, une vraie surprise pour moi, pour tout le monde. Ça n'a pas calmé ses ardeurs de séducteur mais qu'importe, la révolution sexuelle était entamée, la fidélité n'avait plus aucun sens. J'aurais fait la même chose si j'avais eu plus confiance en moi. Nous avons manifesté ensemble au mois de mai, nous nous sommes engagés pour diverses causes qui nous tenaient à cœur. Nous avons eu notre bac et avons commencé nos études, lui de journalisme et moi de médecine.

FANNY :

Maman est tombée amoureuse lorsque j'avais 12 ans. Enfin, je crois. Je ne l'avais jamais vu avec des hommes et d'un seul coup, elle se mettait à sortir le soir, à me laisser seule avec un plat à faire réchauffer au micro-ondes parce que « j' étais une grande maintenant ». Notre relation fusionnelle était brisée.

Finalement, elle m'a présenté à lui. Il s'appelait Daniel. Il était sympa tout compte fait. Il était divorcé et avait deux enfants. Il passait son temps à embrasser Maman dans le cou, à lui faire des blagues, lui dire des compliments. Malgré ça, j'avais l'impression que les yeux de Maman restaient tristes.

Je me suis mise à m'ennuyer, encore plus qu'avant. Quand j'étais petite je pouvais encore m'amuser avec mes jouets, maintenant j'étais trop grande, mais pas encore assez. J'avais l'avantage d'être assez sociable, j'avais donc plein d'amis avec qui traîner après l'école. On ne savait pas trop quoi faire, alors on se contentait de rester chez l'un ou chez l'autre, parfois d'aller faire un tour. Le samedi, ma mère me laissait prendre le train pour aller sur Paris, où nous avions les mêmes activités que dans notre banlieue.

Un jour, l'un des garçons du groupe est arrivé avec un paquet de cigarettes qu'il avait volé à son père. On s'est partagés le paquet et chacun a fumé sa cigarette. J'ai trouvé ça ignoble mais j'ai pas voulu le montrer. Je pense qu'on était un peu tous pareil.

Et puis des couples ont commencé à se former: Frédéric et Séverine, Isabelle et Grégory, Fabrice et moi. Ça ne durait jamais que quelques semaines. Puis Isabelle est sorti avec Fabrice, Séverine avec Grégory et Frédéric avec moi.

Je rentrais chez moi à des heures tardives en sentant le tabac, je faisais mes devoirs un jour sur deux, j'ai même volé dans des magasins. Ma mère ne disait rien, c'était sa façon à elle de se faire pardonner ses absences. Mamie disait que c'était parce qu'elle avait pour philosophie « il est interdit d'interdire»

Pour mes 15 ans, j'ai eu le droit à la plus grosse boum de tous les temps chez moi, jusqu'à minuit passé. Quelques uns de mes potes avaient ramené de l'alcool en douce. Beaucoup d'entre nous avons terminé la soirée complètement soûls. Les jours suivants, ma mère a reçu plein d'appels de parents en colère.

Ce que j'ai pu détester ma mère à cette époque. Autant je l'adorais enfant, ado je la méprisais avec ses idées de hippie, cette peur de mal faire avec moi au point d'en faire trop. Quand j'avais 14 ans, j'ai passé une fois la nuit dehors. N'importe quelle mère m'aurait mis une baffe en me voyant rentrer à l'aube, la mienne m'a juste serrée dans les bras en pleurant.

Depuis que Daniel était dans sa vie, ma mère ne parlait plus de mon père. Pourtant j'en avais encore plus besoin à cette époque, j'avais besoin de m'identifier à quelqu'un, et surtout pas à ma mère. Je ne savais même pas à quoi il ressemblait, ce qu'il faisait, s'il était toujours vivant. En me regardant dans le miroir, je cherchais les traits du visage que j'aurai pu hériter de lui.

Quand je suis rentrée en seconde, Nicolas, un de mes meilleurs amis, m'a avoué qu'il était amoureux de moi depuis longtemps. J'ai pris pitié, alors j'ai accepté de sortir avec lui.

La première fois que j'ai fait l'amour c'était avec lui, comme s'il s'agissait d'une simple formalité. Le pauvre, je lui ai brisé le cœur quelques mois plus tard en le quittant sans raison.

J'aurai pu très mal tourner, si je ne m'étais pas mise au théâtre. La mairie proposait des cours pour les jeunes le mercredi après-midi. J'y suis allée avec des amis, pour rigoler. On s'était mis au fond de la salle, on ricanait, on faisait du bruit. Le prof s'est arrêté, est venu me prendre par le bras pour me traîner sur scène. Il m'a demandé de m'imaginer que j'avais en face de moi une grosse araignée, bien velue avec des grandes pattes. J'ai ri, gênée. Le prof s'est mis à décrire l'araignée en détails, à dire qu'elle était en train de s'avancer vers moi tout doucement. Et je l'ai vu apparaître petit à petit, j'ai commencé à avoir peur. Je lui ai demandé si je pouvais arrêter. Quand je suis retournée m'asseoir, je me suis rendue compte à quel point c'était intense. Je venais de créer un univers et je partageais ça avec les gens qui me regardaient. Je n'ai plus loupé une seule séance, même si mes amis ont arrêté d'y aller. Je demandais des conseils au prof, s'il y avait des livres que je devais lire... Je me suis même mise à travailler à l'école.

Cela m'a permis de me rapprocher de

Fouzia, ma meilleure copine lorsque j'étais enfant. J'avais fini par m'éloigner un peu d'elle à cause de mon attitude, de mes mauvaises fréquentations. Ses parents étaient stricts et Fouzia était une fille sérieuse, première dans toutes les matières. Désormais nous faisions nos devoirs ensemble. Elle était redevenue ma meilleure amie. Pour un temps. C'était de ma faute. C'était aussi un peu de la sienne. Elle m'avait demandé comment ça faisait d'embrasser quelqu'un; j'ai voulu lui montrer, puisque j'avais de l'expérience dans la matière. Je lui ai trop bien montré. Sur le coup, elle n'a rien dit, mais dès le lendemain, elle a cherché à m'éviter. J'ai eu mal. Au point que je me suis jeté dans les bras de Nicolas qui venait à peine de se remettre de notre séparation. C'était mon premier chagrin d'amour.

Et puis ça s'est su. On a commencé à me poser la question si j'étais lesbienne. Bien sûr que non je l'étais pas, et d'abord c'était pas vrai, j'avais jamais embrassé Fouzia. Elle disait ça pour se rendre intéressante parce qu'elle avait pas d'amis. D'ailleurs c'est pas parce que j'aime regarder les femmes, que je les trouve plus belles que les hommes que ça fait de moi une lesbienne. Je suis sortie avec des garçons, j'ai même couché avec l'un d'entre eux, ça veut bien dire quelque chose! Pour faire taire la rumeur, je suis devenue la spécialiste du dépucelage des mecs. Les gens sont vite passés à autre chose. Tous les mois j'avais un nouveau copain et ça se passait toujours comme ça : il venait me parler, me proposait d'aller au ciné ou au McDo. Après plusieurs rencarts je finissais par les amener chez moi une ou deux fois. Et je passais au suivant. Et puis Lucie est venue me voir pour les mêmes raisons que les garçons.

Elle est venue me parler à la sortie des cours, pour demander si c'était vrai que j'étais lesbienne. Je pensais que la rumeur était éteinte. Lucie avait des doutes sur sa sexualité, elle voulait vérifier ce qu'elle était. Je passais bien mon temps à dépuceler des garçons, je pouvais bien le faire pour une fille, non ? Elle était marrante, comment on fait avec une fille ? C'était pas à mes copines que j'allais poser la question, encore moins à Maman. J'ai hésité pendant plusieurs jours. Je l'ai quand même invitée chez moi un samedi après-midi.

Quand elle est arrivée, elle s'était maquillée plus que d'habitude et portait une robe qui mettait ses formes en valeur. Moi j'étais restée en jean et j'avais une queue de cheval. Je lui ai servi un jus d'orange, j'ai essayé de faire la conversation. J'ai pas voulu faire traîner , je lui ai proposé de passer aux choses sérieuses. Embrasser n'a pas été le plus compliqué, pour la suite j'ai essayé de reproduire les gestes des garçons, mais en mieux. Lucie était encore plus novice que moi, puisque qu'elle n'avait jamais couché avec quelqu'un. D'habitude avec les garçons ça durait quelques minutes et on allait prendre le goûter. Cette fois-ci ça a duré plusieurs heures et on a pas mangé de goûter. Lucie est rentrée chez elle tout de suite après.

Les jours d'après j'ai essayé de faire comme si de rien n'était, jusqu'à ce qu'elle revienne vers moi et me propose de recommencer. Alors le samedi suivant elle est venue chez moi. Puis le mercredi après-midi. Et encore le samedi. En fait, sans qu'on s'en soit rendue compte, Lucie et moi sortions ensemble. J'avais hâte d'avoir un peu de temps libre pour le passer avec elle. Au lycée on la prenait pour ma nouvelle meilleure amie. Je ne l'ai jamais contredis. Ça me permettais d'avoir des gestes de tendresse pour elle en public. J'ai aussi arrêté de coucher avec les garçons, j'avais inventé comme excuse que j'avais maintenant un copain, mais plus vieux, qui était déjà à la fac.

Même si nous ne nous l'avions jamais dit, Lucie et moi on s'aimait. Quand on a eu le bac, on a essayé de continuer de se voir, même si ses études de droit lui prenait beaucoup de temps. Nous n'avons pas tenu au delà du premier semestre.

SUZANNE :

Le plus beau jour de ma vie est enfin arrivé, j'ai épousé George. C'était le mois de mai, le soleil commençait doucement à briller. J'étais émue mais j'avais aussi très peur. La blancheur de ma robe était totalement justifiée.

Nous nous étions mariés à la mairie la veille, avec la seule présence de nos parents et de nos témoins. Le lendemain, c'est au bras de mon père que j'ai fait une entrée majestueuse dans l'église. J'étais au bord des larmes au moment de dire oui. Le repas qui a suivi était très convivial. Par contre je n'étais absolument pas préparée à notre nuit de noces. On ne m'avait presque rien expliqué, alors j'ai laissé George faire.

Une semaine après notre mariage, George est retourné sur Paris. Il avait finalement été embauché au cabinet de comptable, et sa modeste chambre ne permettait pas d'accueillir un jeune ménage. Deux semaines plus tard, il trouvait un appartement avec deux chambres et je l'y rejoignais.

La vie parisienne me changeait de mon petit village. Il y avait tant de gens, de choses à voir et à faire. Pendant que mon mari travaillait, je m'occupais à agencer notre intérieur, à m'assurer que notre foyer était bien tenu. Je me suis fait de nouvelles connaissances que j'invitais à prendre le thé. Le soir, ou en fin de semaine, George m'emmenait au cinéma ou au théâtre. Cela me divertissait et m'empêchait de m'inquiéter.

Cela faisait plusieurs mois que nous étions mariés et je n'étais toujours pas enceinte. Je pensais que cela serait immédiat et craignait d'être stérile. George remplissait pourtant son devoir conjugal régulièrement.

A la fin de cette année-là, j'ai finis par me rendre chez le médecin, pour l'interroger, est-ce que nous faisions mal les choses ? Il m'a ausculté. J'ai reçu alors le plus beau cadeau de Noël que l'on m'ait offert : il m'a appris qu'un petit être était en train de pousser en moi. Lorsque George rentra du travail ce soir-là, je me suis jetée à son cou dès qu'il passa la porte.

Mon bonheur permanent m'aidait à oublier les transformations peu agréables de mon corps. Je guettais avec impatience la poussée de mon ventre, qui n'arrivait pas assez vite à mon goût. Quand j'ai enfin senti le bébé bouger, j'en ai presque crié de joie.

La début de l'été coïncidant avec la fin de ma grossesse, je passais mes vacances chez mes parents. Je voulais que ma mère soit auprès de moi. Il faisait tellement chaud, l'attente ne m'en a paru que plus longue.

Une nuit de début août, j'ai été réveillée par une douleur vive au ventre. J'ai attendu, une heure, pensant que cela passerait, mais les douleurs ne cessaient de revenir. Je suis allée réveiller mes parents, leur disant d'appeler le médecin. Ma mère estimant que je ne me tordais pas suffisamment de douleur, m'a dit de me recoucher. Ce n'est qu'au petit matin qu'elle a appelé le médecin. Une heure après, je mettais au monde le plus beau des bébés, mon premier fils, Yves.

Je suis rentrée à Paris quelques semaines plus tard. Le bébé me prenait tout mon temps, mais je sentais que j'avais été conçue pour en élever plein d'autres comme lui. Yves était un enfant adorable, qui mangeait et dormait bien, toujours souriant. Quel bonheur quand moins d'un an après, j'étais de nouveau enceinte. Je pensais avoir le même bébé merveilleux.

Sauf que, comme me l'avait indiqué ma mère, une grossesse peut être très différente de la précédente. J'étais extrêmement fatiguée et irritable. Je me trouvais énorme. Heureusement que j'ai accouché en avance. Une petite fille. J'aurais préféré un second garçon mais bon, j'allais pouvoir jouer avec elle comme avec une poupée.

Si les grossesses ne se ressemblent pas, les bébés non plus. Marie mangeait mal, dormait peu et pleurait tout le temps. Dès qu'elle a été en âge de marcher, il fallait la surveiller sans cesse. Elle courrait, grimpait partout, ne savait pas restait tranquille plus de quelques minutes. Je désespérais de ne pas avoir eu une petite princesse. Seule la présence de son père la calmait un peu.

L'annonce de ma troisième grossesse a été source de bonheur et d'inquiétude. J'avais des difficultés à m'occuper de mes deux enfants. Je ne sais pas comment j'ai pu mener cette grossesse à terme. Le travail a commencé un matin juste après les fêtes. Les choses ne sont pas présentées comme prévu. J'ai eu eu bien plus mal, le médecin avait l'air soucieux. J'ai cru mourir, je délirais. Le médecin a sorti toute sorte d'instruments, rendant la chose plus douloureuse encore. Le lit était devenu un champs de bataille. J'ai senti l'enfant sortir de moi. Je ne l'ai pas entendu pleurer. Le médecin m'a tourné le dos. Toujours aucuns pleurs. Il n'y en a pas eu. Mon deuxième fils, si désiré. Et il ne pleurait pas. Je n'ai même pas pu le prendre dans les bras. Mon corps me faisait affreusement mal, j'étais incapable de faire le moindre mouvement. Le médecin m'a alors annoncé qu'il me serait désormais difficile de mener une nouvelle grossesse à terme, et qu'il vaudrait mieux que je ne tente pas de concevoir d'autres enfants.

J'ai cessé de parler pendant plusieurs jours. Je voulais rester enfermée chez moi autant que je le pouvait, je me contentais de faire mes tâches de femme au foyer. Je ne laissais plus George me toucher. A quoi bon puisque nous ne pourrions plus avoir d'enfants ? J'ai vite compris qu'il avait une maîtresse, peut être plusieurs. Il rentrait souvent tard, voire très tard. C'était très cliché mais je trouvais souvent des cheveux de femme sur ses épaules, du rouge à lèvres sur le col de sa chemise, une odeur de parfum que je ne connaissais pas. Je ne lui posais pas de questions. Je préférais fermer les yeux pour qu'il reste à jamais mon prince charmant. Je comprenais, après tout, j'étais une mère à présent. Je n'avais plus les attraits d'une jeune célibataire.

Les enfants grandissaient, ils allaient à l'école toute la journée. George a repris le cabinet d'expertise comptable et son salaire a considérablement augmenté. Nous avons alors déménagé pour un appartement plus grand dans le quartier très en vogue de Saint Germain des Près. Nous avions suffisamment d'argent pour prendre une femme de ménage.

Je consacrais alors mon temps aux bonnes œuvres, à tisser un lien social avec les autres épouses et mères au foyer du quartier. J'animais un club de lecture tous les mercredis. Je redécouvris le plaisir d'acheter des beaux vêtements et de me rendre chez le coiffeur. George s'est de nouveau mis à me regarder, il m'emmenait au restaurant ou au théâtre régulièrement. Nous étions de nouveau comme un couple de jeunes mariés.

Les autres hommes avaient aussi ce même regard, et je prenais plaisir à me voir faire la cour par d'autres, tout en me sentant coupable vis à vis de George. Je ne voulais pas d'un amant, mon mari était peut-être infidèle mais je tenais à ce qu'il reste le seul et unique homme dans ma vie. Je voulais vivre mon conte de fées jusqu'au bout.

Ma petite Marie commençait à devenir une femme. Je ne l'avais pas vu grandir. Les changements chez elle me surprenaient de jour en jour. Heureusement qu'elle me laissait toujours choisir pour elle ses vêtements et sa coiffure.

Mais je commençais à avoir peur de l'évolution des mœurs de notre société, qui déteignait sur ma petite princesse. Elle écoutait cette affreuse musique que l'on appelait le rock n'roll. Ce n'était même pas en français. Et il y a eu ce garçon avec ces cheveux longs. Quelle idée de vouloir ressembler à une fille ! Il passait trop de temps avec Marie. Je n'ose même pas imaginer ce qu'ils faisaient ensemble. Ma petite fille ne pouvait tout de même pas avoir cette vie débridée dont on parlait dans les journaux.

Quand elle a fait ses études, j'ai été rassurée, cela lui prenait beaucoup de temps et elle travaillait beaucoup. Elle voulait devenir médecin. C'est vrai que les femmes pouvaient désormais y prétendre. Je ne le lui ai pas dit, mais j'étais fière de son choix.

MARIE :

Mes parents n'aimaient pas Marc, surtout ma mère. Je crois qu'elle n'approuvait pas mes choix à cette époque, pas même mes études de médecine. Elle aurait sans doute voulu que je reste bien sagement au foyer comme elle, à m'occuper de mes gamins. Jamais de la vie. Je ne me sentais pas une âme maternelle.

Je rêvais de faire de grandes découvertes scientifiques, et de vivre avec Marc dans une grande maison à la campagne, où il aurait un atelier dans lequel il pourrait peindre.

Peu importait que mes études me prenaient beaucoup de temps, c'était pour réaliser mon

rêve. Même si je ne voyais presque plus Marc.
Il enchaînait les soirées étudiantes auxquelles
je ne l'accompagnais pas, faute de temps ou
d'énergie. Il avait une vie sociale riche. Je n'en
avais pas. Mais je tenais bon, j'étais une élève
brillante.

J'étais très fatiguée, il m'arrivait de ne pas
voir Marc pendant des semaines. Je sais qu'il
en profitait pour voir d'autres filles, mais je
m'en fichais. Il était libre de faire ce qu'il
voulait. J'avais moi aussi des aventures avec
des garçons de ma fac. C'était inévitable, je
passais plus de temps avec eux qu'avec celui
que j'aimais. Mais toujours, Marc et moi
finissions par nous retrouver. Ce sont ces
quelques heures au milieu de tant de semaines
de travail qui me permettait de tenir.

Quand j'étais en troisième année, je me suis
aperçue que j'étais enceinte. Je ne voulais pas
d'enfants, ce n'était pas compatible avec ma
carrière. L'avortement n'était pas encore légal.
Mon secteur d'étude m'a permis de trouver
facilement quelqu'un capable de me
débarrasser de cet indésirable. Ça ne s'est
malheureusement pas bien passé, il m'a été dit
que je ne pourrais peut-être pas retomber
enceinte aussi facilement. Quand j'ai rejoins
Marc, je me suis effondrée en larmes. Je lui ai
dit que c'était parce que j'avais eu mal. C'était

faux. Ma douleur n'était pas que physique.

J'ai continué mes études comme si de rien n'était. Et puis au bout de 4 ans, Marc a fini par m'annoncer qu'il ne supportait plus cette vie parisienne si étroite d'esprit. Il allait habiter à la campagne, dans le sud ouest, avec un groupe de personnes, une communauté hippies. Il voulait que je vienne avec lui. J'ai dit non, il est quand même parti. Mais moi aussi je suffoquais dans cette vie pleine d'habitudes en tout genre, surtout sans Marc à mes côtés. Je l'ai rejoins deux semaines plus tard.

Là-bas, les règles habituelles de la société n'existaient pas. Il n'y avait pas de chef, chacun contribuait à faire vivre le camp en faisant pousser des légumes, en s'occupant des bêtes ou en faisant un peu d'artisanat, notre source de revenu. Nous mettions en pratique la notion de « tout ce qui est à moi est à toi ». Et surtout, il n'y avait pas de mariage, pas de couple exclusif. Nous nous partagions les uns les autres. Marc était mon compagnon et amant principal, mais nous ne passions pas toutes nos nuits ensemble.

Au début, cette vie m'a semblé être un paradis terrestre. Les jours s 'écoulaient, heureux, semblables. De nouveaux membres arrivaient de temps à autres au camp.

L'harmonie régnait au sein de notre communauté. Marc écrivait des poèmes qu'il nous lisait le soir après le repas, je m'occupais de soigner les bobos en tout genre.

J'ai ressenti pour la première fois de la jalousie à l'arrivée de Juliette. Voir Marc avec d'autres ne m'avaient jamais gênée. Je ne sais pas pourquoi le voir avec elle me déchirait. J'aurai voulu lui dire de ne pas trop la fréquenter, que ça me faisait mal. Mais il n'aurait pas compris, ce n'est pas comme ça que fonctionnait le camp. Je n'ai rien dit pendant plusieurs mois.

Et puis une nuit, je n'ai plus supporté de ne pas le trouver dans mon lit, pour la énième fois. J'ai pleuré, la tête dans l'oreiller. Je me suis mise à réfléchir, et me suis dit que je ne pouvais plus supporter cette situation. Je me suis levée, j'ai emballé mes quelques affaires et je suis partie. Il faisait froid, je ne savais pas exactement quel jour et quel mois nous étions. J'ai marché, j'ai fait du stop. Il m'a fallu plus de 24h pour remonter sur Paris et arriver chez mes parents.

Mes parents m'ont accueillie les bras ouverts. Maman s'est occupée de moi comme elle ne l'avait pas fait depuis longtemps. Je dormais tout le temps, je mangeais peu et pleurais beaucoup. Je me demandais si j'avais fait le bon choix. Marc me manquait horriblement, j'avais l'impression que l'on m'avait ôté une partie de moi. Cela a duré plusieurs mois. Petit à petit j'ai fini par sortir de ma dépression, je me suis décidée à reprendre mes études de médecine à la rentrée prochaine.

J'avais presque repris ma vie d'avant, quand je me suis rappelée que je n'avais pas eu mes règles depuis un moment, ce qui n'était pas normal. Mon ventre a poussé en un après-midi. J'en étais déjà à cinq mois de grossesse. Moi qui pensais ne plus pouvoir avoir d'enfants, j'avais gardé un souvenir de Marc. Enfin, je n'étais pas si sûre, vu notre mode de vie. Mais pour moi, cet enfant était et resterait celui de Marc.

Début octobre, Fanny est née. J'ai toujours pensé que l'instinct maternel était une invention pour obliger les femmes à procréer. Il est venu à moi d'emblée. J'aimais tellement ce petit être. Il fallait que je sois toujours auprès de mon bébé, à essayer de devancer ses besoins. Elle était tout ce qu'il me restait de Marc.

La première année de Fanny, je l'ai passé auprès d'elle. Nous habitions chez mes parents. Il me semblait compliqué de gérer des études de médecine et un bébé. J'ai alors passé le concours d'infirmière, que j'ai eu. J'ai trouvé une place à l'hôpital au Plaisir, et un appartement pas très loin.

Alors que j'allais mieux, Papa est mort. Je voulais être forte pour Maman, qui était effondrée. Je lui ai proposé de venir habiter avec nous quelques temps. S'occuper de Fanny lui a permis de faire doucement son deuil. Elle a fini par retourner dans son appartement à Paris. Elle n'aimait pas la banlieue.

Je jonglais entre mon emploi du temps d'infirmière et ma fille. Heureusement que les habitants de mon immeuble se montraient solidaires, et me gardaient Fanny à tour de rôle. Je n'ai pas cherché à me remettre en couple. Je n'avais pas le temps, pas l'envie.

Je pensais encore souvent à Marc, il me manquait par moment. Comme Maman, je n'ai eu qu'un seul et unique amour dans ma vie, même si au bout d'un moment j'ai finis par voir d'autres hommes. Mais mon objectif, c'était de rendre Fanny heureuse, qu'il ne lui manque jamais rien. Je l'avais privée d'un père, il ne fallait pas qu'elle soit malheureuse par ma faute. Et j'espérais qu'elle au moins, aurait sa fin heureuse avec un homme.

FANNY :

J'en étais sûre désormais, j'aimais les filles. Plus que je n'ai jamais aimé les garçons. Après ma rupture avec Lucie, j'ai voulu faire comme avant. Je sortais en boîte et rencontrais des garçons avec qui je passais une nuit, parfois plus. Mais ce n'était plus pareil. La partie séduction me plaisait, par contre la suite ne me faisait que très peu d'effet. Ils n'avaient pas la peau aussi douce, leurs gestes étaient brusques, ils ne savaient pas comment me donner du plaisir.

Je me suis demandée si j'avais un problème. Et puis j'ai rencontré Déborah, qui était dans le même cours de théâtre que moi. Elle était ouvertement lesbienne et elle nous racontait tout le temps ses histoires foireuses avec d'autres filles. Je lui ai expliqué mon problème, que je ne sentais plus rien avec les hommes depuis que j'avais été en couple avec Lucie. Elle m'a alors regardé avec un sourire en coin : « Mais ma chérie, tu es comme moi. »

Comme elle. Ça m'a rassurée dans un sens, je n'étais pas malade. Mais comment l'annoncer à Maman ? Je vivais sur Paris, je côtoyais les milieux artistiques, ce n'était rien d'anormal. Je ne savais pas comment réagirait une infirmière vivant en banlieue.

Je n'ai pas voulu faire traîner les choses et

ai profité d'un week-end chez elle pour lui annoncer. Sa réponse m'a surprise « J'avais bien compris mon poussin que Lucie était plus qu'une copine. Ce n'est pas parce que nous avons 26 ans de différence que je suis vieux jeu. Quand est-ce que tu me présentes une fille ? »

Je n'étais pas pressée de me caser, et j'ai profité de mes jeunes années pour fréquenter assidûment les bars et boîtes pour filles. La liste de mes conquêtes est longue, je restais la séductrice que j'étais à l'adolescence. Je suis bien tombée amoureuse quelque fois mais jamais rien de sérieux.

A la fin de mes études de théâtre, nous avons fondé une troupe avec quelques uns des élèves. Nous avons monté plusieurs pièces, d'abord du classique puis quelques créations, certains d'entre nous étant doués pour l'écriture. Je passais aussi beaucoup de castings, sans grand succès à l'exception de quelques figurations. Je travaillais comme serveuse pour payer mon loyer. Au fil du temps, l'effectif de notre compagnie s'est réduite. Nous n'avions que peu de rentrées d'argent et les moins motivés ont préféré se tourner vers un métier plus sûr.

Pour mes 25 ans, Déborah, qui était devenue l'une de mes grandes amies, m'a organisée une fête surprise. Ça a été une soirée mémorable. J'avais repéré une petite blonde toute mignonne. J'aimais beaucoup sa façon de danser, tellement sensuelle. J'ai sorti mon jeu de séduction habituel, qui ne s'est pas montré très efficace. Elle ne se laissait pas faire. J'ai insisté toute la soirée. Elle a fini par rester dormir avec moi. Le lendemain, elle était partie.

Je n'avais que son prénom, Louise. J'ai demandé à Déborah si elle avait son numéro de téléphone. Elle m'a dit qu'elle ne l'avait pas, qu'il s'agissait d'une amie d'une amie qu'elle ne connaissait pas. Après plusieurs coup de fil, Déborah a fini par me trouver son numéro. Je l'ai appelé de suite. J'ai invité Louise à prendre un verre. Elle a d'abord refusé. Je l'ai rappelé, lui indiquant que ça n'engageait à rien. Elle a accepté. Le jour du rendez-vous, je suis arrivée avec 5 mn de retard, comme d'habitude, histoire de me faire désirer. Elle était déjà là. « Tu es le genre de personne qui fait exprès d'être toujours un peu en retard, c'est ça ? » Je la sentais sur la défensive. « Ne joue pas à ton petit jeu de séduction avec moi. Montre moi qui tu es. Sinon ça ne m'intéresse pas». Nous avons passé plusieurs heures à parler de nous, de notre passé, des choses qui nous avaient blessées ou rendu heureuses.

Louise avait un an de plus que moi. Elle travaillait dans l'événementiel. Elle sortait d'une histoire de plusieurs années qui s'était mal terminée. Elle était brillante, avec une personnalité forte. J'ai vite était folle d'elle. Au bout de quelques semaines, j'ai emménagé chez elle. Ses parents étaient géniaux, ma mère l'adorait. Louise a pris en main la communication de notre compagnie, et nos spectacles attiraient de plus en plus de monde. On a pu être en résidence à plusieurs reprise en province. Tout allait tellement bien.

Au bout de 2 ans de bonheur, j'ai fait ma demande. Je voulais que l'on se pacse. Louise m'en a fait une autre : elle voulait un bébé. Nous nous sommes donc pacsées, et nous avons cherché pendant près d 'un an un homme qui voulait bien être donneur.

C'est comme ça que nous avons rencontré Bastien. Et Louise a été inséminé. Au bout de trois essais, elle était enceinte. Et Louise enceinte, c'était quelque chose. Elle semblait flotter au dessus de tout le monde, son gros ventre en avant et l'air béat d'un bouddha. Elle était enfermée dans sa bulle et je me sentais exclue de ces moments de grâce qu'elle vivait. Elle était encore plus belle, mais je ne pouvais presque pas la toucher.

Louise devait accoucher fin avril, et début

mai, toujours pas de bébé. On a essayé plusieurs moyens pour le faire venir. Je cuisinais des plats très épicés, je la faisais jouir, du moins quand elle se laissait approcher. Nous avions aussi pris l'habitude de faire de longues ballades quotidiennes. A la fin de l'une d'entre elle, le 3 mai en fin d'après-midi, le travail a commencé et nous sommes parties à l'hôpital. L'accouchement est traumatisant pour celui qui ne le vit pas. Je voyais celle que j'aimais souffrir et je ne pouvais pas la soulager. On lui a enfoncé une énorme aiguille dans le dos pour l'anesthésier. On a posé ses jambes sur des étriers et elle a poussé, poussé, pendant un temps infini. Jusqu'à ce qu'une petite tête sorte, et tout un corps. Et ces cris. Comment une si petite chose pouvait crier autant ? Louise pleurait, je n'ai pas compris ce qu'il se passait. On m'a proposé de venir pour les soins du bébé, qui a été lavé, pesé, mesuré et tout un tas de manipulation. La puéricultrice m'a mis le bébé dans les bras
« Voilà ta maman »

J'étais Maman. Pendant les neuf mois de grossesse je n'ai pas réalisé et là en quelques secondes, je me suis mise à aimer ce petit être. Julia.

Louise était une vraie mère poule, elle s'angoissait pour un rien, elle restait à côté de

Julia la nuit pour s'assurer qu'elle respirait toujours. Souvent je l'y retrouvais endormie et la ramenais dans notre lit. Elle a pris un congé parental de deux ans. Deux longues années où elle a joué le rôle de la parfaite mère au foyer. J'enchaînais les répétitions et les castings, tout en passant mon BAFTA pour enseigner le théâtre. Je travaillais beaucoup sans avoir le salaire en conséquence. Louise me reprocher de ne pas gagner assez, elle me disait que c'était irresponsable maintenant que nous avions une famille. J'essayais de ne pas l'écouter, j'avais tout donné pour vivre ma passion. Je passais le peu de temps que j'avais à m'occuper de Julia.

Un an après sa naissance, j'ai pris la décision de partir en vacances. J'ai loué un gîte en pleine campagne où j'ai emmené ma famille pendant un mois. J'ai pu profiter de ma fille, de Louise, qui s'est détendue et est redevenue la jeune femme tendre, drôle et intelligente qui m'avait tant plu quelques années plus tôt.

Nos liens à toutes les trois sont restés serrés pendant plusieurs mois, et les choses se sont remises à se dégrader petit à petit. Nos vacances d'été ont encore une fois été salutaires. En septembre, Julia est rentrée à l'école et tout s'est mis à empirer. Louise a du reprendre le travail à temps partiel. Elle en pleurait tous les matins. Il lui a fallu un bon mois pour s'adapter. Mais je sentais qu'elle s'éloignait de moi. Je craignais le pire.

Au bout de quelques mois, j'ai voulu crever l'abcès et lui ai demandé ce qu'elle me cachait. Elle m'a avoué qu'elle avait rencontré une jeune divorcée, dont le fils était dans la classe de Julia. Elle m'a dit qu'elle au moins la comprenait car elle savait ce que c'était que d'être mère. Moi je ne pouvais pas savoir, je n'avais pas porté Julia. Je n'étais pas vraiment sa mère et ça ne ferait rien si elle partait avec elle.

L'idée de me savoir séparée de la femme que j'aime et de ma fille m'était insupportable. J'ai supplié Louise de ne pas partir. Julia était tout de même ma fille, elle ne pouvait pas me l'enlever. Elle n'a rien voulu savoir. Une semaine après, elle était partie. A cette époque je jouais tous les soirs dans un spectacle de Labiche. De retour dans les coulisses, je m'effondrais en larmes à chaque fois.

Louise m'avait juré que je verrais toujours Julia. Au début je m'occupais d'elle un week-end sur deux mais mon métier me prenant beaucoup de temps, Louise a préféré me laisser voir Julia quelques heures par semaines. Je ne faisais presque plus partie de la vie de ma fille.

SUZANNE :

L'année de ses cinquante ans, Georges s'est effondré un soir dans notre cuisine. Les secours n'ont rien pu faire, il avait eu une crise cardiaque. Je me suis moi aussi effondrée, je ne savais pas comment survivre sans le grand amour de ma vie auprès de moi. J'essayais de continuer à vivre ma vie comme avant. Je n'ai pas pu, je ne pouvais plus avoir les mêmes activités extérieures. N'importe quelle petite chose pouvez me faire pleurer. Je ne pouvais donc plus sortir aussi souvent qu'avant. Je ne voulais pas risquer de perdre ma dignité en me mettant à sangloter chez l'épicier ou dans un salon de thé.

J'ai alors compris ce qu'avait pu ressentir ma fille Marie, lorsqu'elle a décidé d'enfin quitter ce Marc. Qu'il fallait accepter que notre vie continue malgré tout et ne pas s'en vouloir de rire et sourire. J'avais perdu mon prince charmant, mais il me restait les deux plus beaux cadeaux qu'il m'ait offert. Yves était parti habiter à côté de Montpellier, mais il venait souvent sur Paris.

J'avais toujours ma petite Marie auprès de

moi, et la petite Fanny aussi. J'étais grand-mère, déjà. J'adorais cette enfant si vive et intelligente. Elle avait les yeux de mon Georges. Marie faisait preuve de beaucoup de force et de courage. Je l'admirai pour ça. Elle n'était plus cette jeune rebelle qui passait son temps à critiquer mon mode de vie. Je ne vois pas ce qu'il y a de dégradant à consacrer sa vie à son foyer. Elle ferait mieux de faire comme moi et se trouver un mari sur lequel se reposer.

Une femme ne devrait pas travailler autant qu'elle le fait et laisser sa fille chez une nourrice. Cette petite avait besoin de présence masculine auprès d'elle.

C'est peut-être pour ça que Fanny préfère les femmes. J'avais pourtant prévenu ma fille, l'éducation qu'elle lui donnait allait avoir des conséquences. Je ne savait même pas qu'une femme pouvait en aimer une autre. Elles ne peuvent même pas concevoir d'enfant. Mais il paraît que c'est dans les mœurs d'aujourd'hui. J'aurai pourtant bien voulu que Fanny aussi se trouve un mari.

MARIE :

Quand Papa est mort, je me suis efforcée de ne pas trop montrer ma peine. Fanny était petite et Maman pleurait beaucoup. Pour la première fois, je me suis retrouvée à la soutenir et la consoler. Je me suis rendue compte à quel point elle n'était pas si forte que cela. Mon père était son appui, elle ne savait pas se débrouiller toute seule. Elle est venue habiter quelques temps avec nous les premières semaines. J'ai du lui réapprendre beaucoup de choses, comme à une ado.

Je me suis oubliée pendant des années, partagée entre ma fille et ma mère, qui avaient toutes les deux besoin de moi quotidiennement, et mon travail à l'hôpital. Ma mère a finalement repris pied au bout de presque un an. Fanny grandissait et devenait de plus en plus autonome.

Ce n'est pas pour autant que je décidais de laisser les hommes rentrer dans ma vie. C'est la solitude qui m'a obligée à sortir de ma réserve et de faire des rencontres. C'est comme ça que j'ai rencontré Daniel. Il était très gentil et de bonne compagnie. Cela a duré presque deux ans. Lorsque qu'il ma suggéré de vivre avec Fanny et moi, je l'ai quitté. C'était trop me demander.

J'aimais toujours Marc. Quand Fanny est entrée à l'université, je suis allée à plusieurs reprises sur son campus manger avec elle le midi, je travaillais dans une clinique sur Paris à l'époque. J'attendais Fanny quand je l'ai croisé lui, sortant de la fac. Je l'ai reconnu tout de suite, ses cheveux étaient presque entièrement gris. Nous nous sommes serrés dans les bras longtemps, comme si on s'était quitté la veille. Nous avons continué à nous voir, mais en cachette. Marc était marié et était devenu fidèle. Cette situation m'allait. Après toutes ces années de célibat, je ne me voyais pas vivre avec un homme. Je lui ai appris pour Fanny. Il a voulu la rencontrer, je le lui ai présenté comme un vieil ami du lycée. Je ne voulais pas brusquer les choses en le lui présentant comme son père. Je n'ai pas encore osé lui dire.

FANNY :

J'ai retrouvé des photos de Maman datant du lycée chez ma grand-mère. Je n'en avais pas beaucoup vu. Ma mère était belle. Elle posait à côté d'un garçon qui ressemble beaucoup à cet ami du lycée qu'elle voit souvent. Maman ne m'avait jamais parlé de lui. Je me suis mise à fantasmer « et si c'était lui mon père ? ». Mais ce n'est qu'un fantasme. Il n'y a que deux raisons pour laquelle ma mère ne m'a jamais présenté à mon père : soit il s'agit d'une histoire d'un soir, soit il était marié. Pourquoi aurait-elle quitté l'homme qu'elle aime en se sachant enceinte de lui ?

Je suis retombée amoureuse. Ça m'est tombée dessus. Je n'avais pas le temps de chercher quelqu'un. Mais il a fallu que je croise la route d'une jeune photographe qui avait été embauchée pour prendre des photos de nos spectacles. Au début, j'ai juste essayé de me montrer amicale, de l'emmener dans des endroits sympas, puisqu'elle ne connaissait pas encore bien Paris. Ma rupture m'avait tellement amochée que je ne me suis pas rendue compte de ce qu'elle ressentait pour moi. J'ai été surprise quand elle s'est déclarée. J'ai mis du temps mais j'ai fini par accepter d'aimer encore.

Ma chérie semble très attirée par les bébés et les enfants. Cela m'inquiète. Je ne veux pas revivre la même chose qu'avec Julia. Je ne la vois que lorsque mon ex a besoin d'une baby-sitter, environ une fois par trimestre. J'ai l'interdiction de me faire appeler Maman, elle doit m'appeler Fanny, comme n'importe qui. Je suis une simple amie de sa mère, qui l'a vu naître, qui était là à sa première dent, son premier pas, son premier mot. Une simple amie. Je prie pour que cette lubie de maternité quitte la femme que j'aime.

JULIA :

J'ai deux mamans, mais seulement l'une d'entre elle m'a élevée. Elles se sont séparées quand j'étais toute petite mais je me souviens vaguement de cette époque où nous vivions toutes les trois. Et puis nous sommes allées vivre avec une autre maman qui avait un garçon de mon âge, Timothée. Je ne l'aimais pas, il s'amusait tout le temps à me tirer les cheveux et à me faire des croche-pieds. Ça n'a pas duré très longtemps, je ne sais pas si c'est parce que Timothée et moi on se bagarrait, mais avec Maman on a déménagé. J'ai changé d'école. D'autres mamans sont venus habitaient avec nous mais jamais très longtemps. Il y en avait que j'aimais beaucoup, et d'autres qui faisait comme si je n'étais pas là. En tout cas, elles aimaient toutes faire plein de bisous à Maman, qui voulait jamais qu'elles fassent ça devant moi.

J'avais une baby-sitter qui venait me chercher après l'école. Quand elle ne pouvait pas, c'était ma deuxième Maman, Fanny, qui venait. J'aimais bien parce qu'elle me donnait toujours plein de cadeaux et qu'on allait manger une glace. En plus, il y avait plein de costumes chez elle. Elle les mettait pour m'amuser. Mais ça me rendait triste aussi parce quand Maman venait me chercher le soir, elles se parlaient à peine.

Un jour, Fanny m'a montré des vieilles photos : des photos de sa grand-mère quand elle s'est mariée, de sa mère quand elle était encore au lycée, d'elle petite et d'autres où elle est plus grande avec Maman. Quand elle m'a montré les photos de moi bébé, elle m'a dit « Notre famille est composée de femmes fortes et combatives à leur façon. Nous avons traversées presque un siècle en faisant face à des épreuves difficiles. Trois générations de femme. Et toi, Julia, tu es cette quatrième génération »

J'SUIS PAS JALOUSE MAIS...

PERSONNAGES

JULIE, *jeune femme énergique*
THOMAS, *son compagnon, gentil mais infidèle*
MAXIME, *fêtard invétéré*
PHILIPPINE, *ex de Martin, séductrice à fort caractère*
AURELIEN, *geek et **GOLDFISH**gard, ex-célibataire endurci*
SCARLETT, *sa fiancée au physique pas facile*
CHLOE, *copine de Martin, parfaite en tout point*

L'action se passe dans le salon d'un petit appartement de ville.

Scène 1 Thomas et Julie :

Un salon moderne. Face au public, un canapé, quelques coussins et une table basse. Au fond, un bar et une petite table de cuisine. Julie et Thomas se tiennent debout, en tenue de soirée, devant le canapé. Julie resserre la cravate de Thomas. A gauche, la porte d'entrée. A droite, la porte de la chambre. Au fond, la porte de la salle de bain.

JULIE - Tu es fou ! Imagine un peu que les autres soient arrivés à ce moment là !

THOMAS – *l'agrippant* Ce n'est pas de ma faute ! Tu es tellement sexy dans cette robe !

JULIE - Arrête grand fou ! C'est marrant, j'ai l'impression d'avoir oublié quelque chose.

Scène 2 Thomas Julie et Maxime :

Maxime entre sans frapper, un sac sur le dos. Thomas et Julie réajustent leurs vêtements.

THOMAS : Ca t'arrive de frapper avant d'entrer ?

MAXIME : Ben quoi, si vous voulez un peu

d'intimité, vous avez qu'à fermer la porte !
J'ai manqué quelque chose ?

THOMAS : Tu as ramené les bouteilles ?

MAXIME : Ouais, t'inquiètes. *Il enlève son sac et le pose sur la table.* Je crois que tu as quelque chose qui dépasse de ta poche. *Il tire et en sort une paire de collant de femme.* Ils m'ont l 'air résistant. Doux au toucher. Couleur proche de ton teint. Oh! Effet seconde peau. Excellent choix!

JULIE: *elle lui pend les collants des mains.* Donne-moi ça! *Elle part s'enfermer dans la salle de bain.*

MAXIME: *il ricane.* Ça va, c'est que des collants! *Il ouvre le frigo.* Wouhou, il y en a des bouteilles là-dedans, avec ce que j'ai ramené ça va être une sacrée beuverie! *Il ouvre son sac à dos et commence à ranger les bouteilles.*

JULIE *sortant de la salle de bains* Ouah ! Tu sais, quand je disais « ramener un petit quelque chose », je pensais pas à 4 bouteilles ! Il va en rester .

MAXIME: Et bien justement, il faut pas qu'il

en reste ! Aller, on a qu'à ouvrir une bouteille en attendant. Cool, du champagne.

JULIE: Pas le champagne. On le garde pour le moment où Martin soufflera ses bougies.

MAXIME: Si il vient !

JULIE : Pourquoi il viendrait pas ? Il t'a dit quelque chose ?

MAXIME : T'inquiète, je dis ça pour déconner. Allez détend-toi *il prend une bouteille, l'ouvre et sert un verre à Julie*

JULIE: Merci.
Maxime sert un verre à Thomas.

THOMAS : Merci.

MAXIME : *il se sert un verre* Allez, à Martin !

JULIE : *elle chuchote à Thomas* Je te préviens, c'est à toi de le surveiller ce soir. Et t'as intérêt à faire ça sérieusement !

THOMAS : Je gère la situation, fait-moi confiance. Il est toujours rentré vivant de soirée.

JULIE : Peut-être, mais je veux pas qu'il se passe la même chose qu'à Nouvel An.

THOMAS : C'était pas bien méchant.

JULIE : Très bien, dans ce cas s'il se fait arrêter parce qu'il se promène à poil dans la rue, c'est toi qui ira le chercher chez les flics.

MAXIME : C'est de moi que vous parlez à voix basse ?

JULIE : Pas du tout !

MAXIME : Promis, je me met pas la tête à l'envers ce soir ! Je vais avoir trente ans, je suis un homme raisonnable ! Ou pas...

THOMAS : Non, Max, s'te plait, j'ai pas envie d'avoir encore des problèmes avec les voisins.

MAXIME: Il faut boire un peu pour mettre de l'ambiance.

JULIE : Pas nécessairement. Regarde Aurélien ne boit pas d'alcool et sa copine non plus.

MAXIME : Depuis quand il a une copine,

lui ?

JULIE : Tu sais bien, la fille qu'il a rencontrée sur internet…

THOMAS : Avec qui il discute depuis un moment...

JULIE : Qui habite à Limoges.

MAXIME : Parce que c'est une histoire vraie ?

JULIE : Ben oui qu'est ce que tu croyais ?

MAXIME : J'en sais rien, on l'a jamais vu en photo cette fille ! Eh ! Il en a peut-être honte c'est pour ça !

JULIE : Max, s'il te plait !

MAXIME : Ça se trouve, elle est aveugle. Ou... ou... c'est une femme à barbe!

JULIE: Max s'il te plait!

MAXIME: Mais pourquoi ça lui a pris autant de temps avant de la rencontrer? En même temps, il faut du temps avant de se décider de se taper la femme à barbe.

THOMAS : Elle habite pas la même région c'est pour ça.

MAXIME : C'est bidon comme excuse, elle peut toujours prendre le train. Elle comprend peut-être pas le français.

JULIE : Ca suffit maintenant ! Si ça se trouve, ils sont derrière la porte et entendent tout ce que tu dis !

MAXIME: Un trav! C'est peut-être un trav.

Thomas ricane.

JULIE: Ca te fait rire?

THOMAS: Non.

MAXIME: Il a peut-être inventé cette histoire et il va venir avec une fille qu'il a payé pour ça, une escort girl ou sa cousine. Et ensuite il inventera une histoire comme quoi ça a pas fonctionné et il tombera dans une dépression fictive.

JULIE: Mais où vas-tu chercher tout ça?

MAXIME : Ok; j'arrête. Si ça se trouve, c'est

une méga bombe. Qui aime ce qui se trouve à l'intérieur d'Aurélien. *Il ricane.*

THOMAS : *il ricane aussi. Julie le fusille du regard.* Quoi ? Avoue qu'Aurélien n'est pas un top model.

JULIE : On attaque pas les gens sur leur physique, c'est pas juste, c'est la nature qui fait que certains sont mieux lotis que d'autres. C'est la faute à pas de chance.

MAXIME : C'est facile de dire ça quand on est jolie.

JULIE : Oui je sais mais… *Maxime rit.* Pourquoi tu te marres ?

MAXIME : Ah ! Excellent ! Tu te fais des compliments à toi-même !

Scène 3 Julie, Thomas, Maxime et Philippine :

Quelqu'un sonne à la porte. Julie se lève pour ouvrir.

JULIE : J'espère que c'est pas Martin qui arrive.

Philippine entre avec un gâteau d'anniversaire.

PHILIPPINE : Salut, voilà le gâteau !

JULIE : Top ! *A Maxime et Thomas.* C'est Philippine, qui elle connaît l'usage de la sonnette. *Elle prend le gâteau et va le mettre dans le frigo.*

PHILIPPINE : J'ai raté quelque chose ?

THOMAS : Rien de bien important.

PHILIPPINE : Alors, qui vient à cet anniversaire ?

JULIE : Et bien, toi, Maxime, Thomas et moi, Aurélien, sa copine…

PHILIPPINE : Ah ! On va enfin rencontrer la fille de Limoges ! Je me demande à quoi elle ressemble.

MAXIME : Les paris sont ouverts : Thomas et moi, on parie que ça sera un top.

JULIE : Il y a aussi Chloé…

PHILIPPINE : C'est qui Chloé ?

THOMAS : La nouvelle copine de Martin.

PHILIPPINE : Quoi ? Martin a une copine? Et personne ne m'a rien dit ? *Tout le monde se tait.* Vous avez perdu votre langue ?

THOMAS : Euh… écoute Philippine, on avait juste un peu peur de ta réaction. Tu es d'un naturel jaloux et…

PHILIPPINE : Oh c'est bon ! Martin et moi, ça va faire un an qu'on est plus ensemble ! C'est pas une histoire de quelques semaines qui va me gêner !

MAXIME : Quelques semaines ! Tu parles ! Ça fait presque six mois ! Il habite la moitié du temps chez elle !

PHILIPPINE : Quoi ?

THOMAS : Tu sais quoi Max ?

MAXIME : Non, quoi ?

THOMAS : Parfois tu ferais mieux de fermer ta gueule !

PHILIPPINE : Non, ce n'est rien, c'est normal que Martin vive sa vie maintenant.

JULIE : C'est bien d'être raisonnable.

PHILIPPINE : Rassurez-vous je ne suis pas jalouse mais... *Elle se lève, va dans la salle de bain. On entend un bruit de verre cassé. Philippine ressort.* Oups, désolée Julie, j'ai malencontreusement jeté ton flacon de parfum par terre. Je t'en rachèterai un.

MAXIME: *il ouvre le frigo pour se servir un verre.* Heu.... dites. Vous avez bien dit qu'Aurélien et sa copine ne buvaient pas.

JULIE: Ouais.

MAXIME: Alors pourquoi il y a pas une seule bouteille de jus de fruit ou de soda dans votre frigo?

JULIE: *à Thomas.* Oh non, mais c'est pas vrai, tu as oublié d'en acheter?

THOMAS: Quoi ? Mais pourquoi c'est à moi de m'occuper de ça?

JULIE: Je t'avais pourtant dit de ne pas oublier les boissons sans alcools. *Elle soupire.*

Bon, je descend à l'épicerie. *Elle attrape Maxime par le bras.* Toi, tu viens avec moi, j'ai besoin de bras.

Julie et Maxime sortent.

Scène 4 Philippine, Thomas :

THOMAS : Quoi ? Tu fais encore la tête ?

PHILIPPINE : Non, pas du tout !

THOMAS : Tu promets d'être gentille avec Chloé ?

PHILIPPINE : Je peux rien promettre, mais je vais essayer du moins.

THOMAS : Fais semblant au pire. Tu es une fille, vous savez bien faire ça !

PHILIPPINE : Quoi ?

THOMAS : Ben oui, vous savez très bien faire de grands sourires en façade pour mieux cacher votre envie de tuer l'autre.

PHILIPPINE : Ah oui c'est vrai j'oubliais que l'on était comme ça nous autres les femmes.

THOMAS: Mais quoi c'est vrai.

PHILIPPINE: Oui, tout à fait.

THOMAS : Non, mais... *un silence*

PHILIPPINE : Comment ça va avec Julie ?

THOMAS : Bien pourquoi?

PHILIPPINE : Vous couchez toujours ensemble?

THOMAS: Non mais... Ça te regarde? Oui on couche encore ensemble.

PHILIPPINE: Elle est toujours aussi dominatrice à ce que je vois. *Elle commence à caresser Thomas.* C'est pour ça que tu avais tant besoin de dominer avec moi.

THOMAS: Arrêtes ça, tu veux! C'est arrivé une fois, on avait dit qu'on en parlerai plus.

PHILIPPINE: Oh, mais je te taquine. Le prend pas comme ça! Comme on est tout seul, ça te dit pas un peu plus de promiscuité *elle se rapproche de lui.*

THOMAS : Je… *On frappe à la porte. Il se lève précipitamment.* Je vais ouvrir. *Il ouvre la porte.* Eh ! Salut !

Scène 5 Philippine, Thomas, Scarlett et Aurélien :

AURELIEN : *il entre.* Salut ! Désolés, on est un peu en retard. Martin n'est pas encore là ?

THOMAS Non, t'inquiète pas.

AURELIEN Ouf, tant mieux. *Il sourit, béat.* Les amis, je vous présente Scarlett.

Il s'écarte pour laisser entrer Scarlett. Elle a un physique ingrat à en faire peur.

AURELIEN : Princesse, je te présente Thomas et Philippine.

THOMAS : Sa…sa…salut ! *Il lui fait la bise.*

PHILIPPINE : *elle s'approche pour les accueillir. Son sourire naturel se transforme en sourire figé hypocrite lorsqu'elle aperçoit Scarlett.* Salut ! Comment ça va ?

THOMAS : *il lui souffle à l'oreille.* Pas

hypocrite, hein ?

PHILIPPINE : *toujours avec son sourire figé.* Ta gueule. Alors, Scarlett, tu es arrivée quand ?

AURELIEN : Elle est arrivée hier soir. Apparemment, ça n'a pas été trop long, hein, ma petite pomme d'amour ? *Il lui fait un bisou sur la joue.* Je suis tellement heureux de te rencontrer enfin !

Thomas se retourne pour ne pas rire.

PHILIPPINE : *toujours avec son sourire hypocrite.* Ah l'amour, j'en serai presque jalouse moi qui suis célibataire !

AURELIEN : Oh ! Tu trouveras bien, l'homme de ta vie te tomberas dessus un jour quand tu t'y attendras le moins. C'est ce qui s'est passé pour moi et ma chérie d'amour.

Thomas tousse pour s'empêcher de rire.

AURELIEN : *A Scarlett.* Tu ne m'avais pas dit que tu devais aller te refaire une beauté ma puce ? *Elle lui sourit d'un air niais.* C'est par là vas y. C'est la porte juste là. *Scarlett se dirige vers la salle de bain.* Ah ! Je suis tellement heureux, vous ne pouvez-pas savoir !

THOMAS : Tu m'étonnes ! Elle a l'air tellement parfaite… pour toi !

AURELIEN : J'ai été béni des cieux !

Scène 6 : Aurélien, Scarlett, Thomas, Philippine, Julie et Maxime :

JULIE : *elle entre suivie de Maxime, des sacs de courses à la main.* Ce n'est pas ça le problème, on n'a pas besoin d'une bouteille de vodka pour aromatiser le jus de fruits! Hé ! Salut ! *Elle fait la bise à Aurélien.* Où est ta dulcinée ?

AURELIEN : Dans la salle de bain.

JULIE : Thomas, tu l'as bien accueillie j'espère ?

THOMAS : Tu me connais.

MAXIME : *à Philippine.* J'ai gagné mon pari ou non ?

PHILIPPINE : Motus et bouche cousu, j'ai vraiment envie de voir ta tête quand elle sortira de la salle de bain.

MAXIME : *il s'approche de la chambre.* Je me tiens prêt… à faire une farce à ta chérie. Je suis d'un naturel farceur et boute-en-train.

AURELIEN : Ah ! Tu plairas beaucoup à Scarlett, elle aime rigoler.

La porte de la salle de bain s'ouvre. Scarlett en sort. Maxime se retourne, la voie et fait un bond en poussant un cri.

AURELIEN : Ah ! C'est une sacrée farce mais je crois que Scarlett n'a pas eu peur, hein mon cœur ?

MAXIME : Je crois que j'ai besoin de m'asseoir. *Il se dirige vers le canapé en se tenant la poitrine.*

AURELIEN : Ma chérie, je te présente Julie et Maxime. Je suis si content de vous présenter la femme que j'aime ! C'est une étape importante dans notre relation et j'espère la franchir avec succès. Ma puce avait un peu peur mais je l'ai rassuré en lui disant que vous étiez tous de supers amis et que vous alliez l'adorer.

JULIE : Oh ! Mais Scarlett, ne t'inquiètes pas,

nous n'allons pas te manger !

MAXIME : Ah ça non !

JULIE : Alors dis nous, qu'est ce que tu fais dans la vie ?

AURELIEN : Elle est très timide. En fait elle est…

JULIE : Mais ne répond pas à sa place ! Allez, dis nous, tu fais quoi comme boulot ?

Scarlett sourit baisse la tête et glousse.

AURELIEN : C'est rien Choupinette. Pour le moment, elle ne travaille pas.

JULIE : Et tu cherches dans quel domaine ?

AURELIEN : *il rit, gêné.* En fait elle a pas besoin de chercher sur Limoges, je lui ai demandé de venir habiter avec moi à Paris et elle a dit oui. C'est pas génial ?
Les amis restent bouches bées pendant un petit moment.
MAXIME: Tu as pensé à planquer les miroirs?

PHILIPPINE : Félicitations ! Je suis heureuse

pour vous !

Maxime se lève et se dirige vers la cuisine pour se servir un verre. Thomas le suit.

JULIE : C'est pour quand ?

AURELIEN : On va attendre septembre quand même, hein mon bébé ?

PHILIPPINE : Quand les jours raccourcissent et qu'il fait noir plus longtemps.

AURELIEN : Alors, Philippine, Maxime, il y a plus que vous comme célibataires si je comprends bien ? Quand est-ce que vous allez nous présenter quelqu'un ?

Philippine se lève et va dans la cuisine. Maxime lui sert un verre et s'en ressert un. Thomas retourne s'asseoir.

AURELIEN : *A Julie et Thomas.* Dites, on pourrait se faire des sorties entre couples ça pourrait être sympa !

THOMAS : On est pas très sorties avec d'autres couples…

JULIE : Mais si ça nous ferait bien plaisir !

Plus bas à Thomas. Ce sont nos amis, n'oublie pas !

AURELIEN : Scarlett est là pour une semaine, on peut faire ça un soir de la semaine prochaine ?

THOMAS : Je vais avoir un emploi du temps assez chargé la sem…

JULIE : *elle lui donne un coup de coude.* Ok disons mercredi ?

AURELIEN : *il regarde Scarlett qui acquiesce.* Ok pour mercredi, à l'italien près de chez moi ?

THOMAS : Et si on essayait ce restaurant où on mange dans le noir? C'est l'occasion d'essayer.

JULIE : Ok pour l'italien.

THOMAS: Mais...

JULIE: Mais si, tu adores leurs antipasti.

On frappe à la porte.

JULIE : *elle s'approche pour ouvrir.* J'espère

que c'est pas Martin.

Scène 7 : Thomas, Julie, Philippine, Maxime, Aurélien, Scarlett et Chloé :

CHLOE : *elle entre.* Bonsoir. Je suis un peu en retard. J'ai du inventer toute une histoire pour pas que Martin me propose une sortie ce soir. Mais il je crois qu'il va arriver très bientôt.

JULIE : *elle lui fait une grosse bise.* Ça ne fait rien, entre.
THOMAS : *il lui fait aussi une grosse bise.* Salut !

MAXIME : *il lui fait une grosse bise.* Salut ma belle ! Tu as toujours pas largué Martin ?

CHLOE : Non mais à la minute où on se sépare, je t'appelle. *Elle se tourne vers Aurélien.* Mon petit Aurélien ! Oh ! C'est ta fiancée ! Comme vous êtes mignons tous les deux ! Vous faites plaisir à voir ! *Elle fait la bise à Scarlett. Elle se tourne vers Philippine.* Et toi tu es…

PHILIPPINE : *elle lui serre la main.* Philippine. Ravie de te rencontrer Chloé.

Enfin.

CHLOE : Moi aussi.

MAXIME : Je me fumerai bien une cigarette.

JULIE : En bas sur le trottoir.

MAXIME : Oh s'te plait !!!

JULIE : Non, tu descends, on est qu'au premier étage.

THOMAS : Allez viens, je t'accompagne. *Ils sortent*

JULIE: *elle remarque que Thomas a laissé ses clefs sur la table basse.* Thomas, tes clefs! *Elle sort après eux.*

Scène 8 : Philippine, Chloé, Scarlett et Aurélien :

PHILIPPINE : Et bien on t'a longtemps caché à moi tu sais ça ?

CHLOE : Vraiment ?

PHILIPPINE : Les autres avait peur que je

sois jalouse.

CHLOE : Il y a vraiment pas de quoi !

PHILIPPINE : Non c'est vrai.

CHLOE : Mais tu sais, tu as beaucoup compté pour Martin.

PHILIPPINE : Évidemment !

CHLOE : Mais maintenant il est avec moi.

PHILIPPINE : *elle parle entre ses dents, sourire figé.* Pétasse

CHLOE : *à Scarlett et Aurélien.* Qu'est-ce que vous êtes mignons tous les deux ! Scarlett, je n'ai jamais vu Aurélien aussi heureux que depuis qu'il est avec toi !

AURELIEN : C'est vrai que je suis le plus heureux des hommes !

CHLOE : Oh ! Comme c'est beau ! Martin sera tellement content de faire ta connaissance ! Vous m'inviterez à votre mariage ?

AURELIEN : Bien sûr !

PHILIPPINE : Pff !

CHLOE : Pardon ?

PHILIPPINE : Non rien. Alors, dis moi Chloé, tu fais quoi dans la vie ?

CHLOE : Je travaille comme éducatrice dans un centre auprès d' enfants handicapés.

PHILIPPINE : Ah vraiment ? C'est pas trop dur de voir toute cette misère ?

CHLOE : Oh non tu sais, les enfants sont très heureux, nous leur apportons beaucoup d'amour et en retour ils nous en donnent beaucoup.

PHILIPPINE : *ironiquement.* Comme c'est beau ! Mais après une journée entourée de personnes handicapées, de leurs problèmes, tu as besoin de décompresser, non ?

CHLOE : Oui, mon bénévolat aux Resto du Cœur m'aide beaucoup. Sinon j'ai mes cours de danse classique, mes cours de taekwondo et de chant.

PHILIPPINE : Rien que ça ! Et Martin dans

tous ça ?

CHLOE : Je l'ai entraîné dans mes cours de chant et dans mon bénévolat.

PHILIPPINE : Martin, chanter ? De mon temps, même sous sa douche il ouvrait pas la bouche !

CHLOE : Il avait peut-être peur que tu le critiques.

PHILIPPINE : Je critique jamais les gens.

CHLOE : C'est pas ce qu'il m'a dit.

PHILIPPINE : Tu prend un toast au saumon ?

CHLOE : Non merci, je suis végétarienne.

PHILIPPINE : C'est du poisson !

CHLOE : Et le poisson n'est pas un végétal, tu sais ça ? Maintenant Martin suit mes convictions.

PHILIPPINE : J'aimerais bien voir ça, Martin, adepte des barbecues, manger des légumes.

CHLOE : Les femmes sont capables de changer les hommes tu sais.

PHILIPPINE : Pff !

AURELIEN : Depuis que je connais Chloé, j'ai largement diminué ma consommation de viande et je me pose la question si je vais pas sauter le pas.

PHILIPPINE : C'est pour ça que tu es aussi mince !

CHLOE : Ça n'a rien à voir !

PHILIPPINE : Ah bon ? Adepte de la chirurgie esthétique alors?

CHLOE : Pardon ?

PHILIPPINE : Simple curiosité.

CHLOE : Pas vraiment.

PHILIPPINE : Tu te fais vomir?

CHLOE : Non !

PHILIPPINE : Tu peux tout nous dire, ça sortira pas d'ici.

CHLOE : Mais enfin non !

PHILIPPINE : Mais avoue-le à la fin !

CHLOE : Non !

PHILIPPINE: Je voudrais pas être indiscrète mais, combien fois par semaine vous faite l'amour avec Martin?

CHLOE: En quoi ça te regarde?

PHILIPPINE: Plus ou moins quatre fois par semaine?

CHLOE: Mais...

PHILIPPINE: Moins donc. Nous c'était tous les jours. Pour ou contre la sodomie?

CHLOE: Pardon ?

PHILIPPINE: Ah? Pourtant Martin n'est pas contre de temps en temps. Tu avales?

CHLOE: *elle reste interloquée.*

PHILIPPINE: Tu sais comment garder un homme toi!

CHLOE: Philippine, je crois que tu n'as pas encore digéré ta rupture et tu transfères ton désir sexuel sur notre vie sexuelle à Martin et moi.

PHILIPPINE: Quoi?

Scène 9 : Julie, Thomas, Aurélien, Scarlett, Philippine, Chloé et Maxime :

Thomas, Julie et Maxime rentre.

JULIE : Qu'est ce qu'il se passe ?

PHILIPPINE : J'ai posé à Chloé des questions sur un sujet sensible.

CHLOE : *en souriant.* Rien de grave, je vous rassure !

PHILIPPINE : Mais jamais tu te mets en colère, toi ?

Sonnerie de téléphone: c'est une chanson de Nicky Minaj

AURELIEN: Mon cœur, il y a ton téléphone qui sonne.

Scarlett fouille dans son sac, prend son téléphone et va dans la salle de bain.

AURELIEN: Elle est tellement formidable. J'arrive pas à croire que j'ai rencontré quelqu'un comme elle.

THOMAS: Nous non plus.

AURELIEN: Je ne pensais pas dire ça un jour mais je sens que c'est la bonne.

CHLOE: Oh! Aurélien c'est magnifique, je suis tellement heureuse pour toi!

PHILIPPINE: Revoilà Blanche-Neige au pays des fées.

AURELIEN : Je vais voir ce que fait Scarlett, généralement ses appels ne durent pas si longtemps.

Il va dans la salle de bains.

PHILIPPINE: Génial, l'année prochaine on sera invité à un mariage.

JULIE: Je me demande ce qu'on va pouvoir porter pour être moins jolies que la mariée.

CHLOE: Oh non Julie, c'est pas sympa.

JULIE: Je plaisante bien sûr. Je sais même pas si ça marcherait en vieux jogging du dimanche.

MAXIME: Mais si ils se marient... Ils vont faire des gosses! Thomas, ça sera toi le parrain, pas moi. T'imagine un peu si je dois prendre le bébé dans les bras, je saurais pas faire la différence entre la tête et les pieds. *Il va se resservir un verre*

CHLOE: Non mais vous êtes pas gentils, là. Vous êtes vraiment des langues de vipère.

PHILIPPINE: Ah Chloé, bienvenue dans notre groupe. On aime bien dire du mal de ce pauvre Aurélien. Et dans son dos.

THOMAS: Non mais on en dit pas souvent, c'est juste que là... Sérieusement là!

MAXIME: J'avais jamais rien vu d'aussi moche. Vous croyez qu'ils le font dans le noir? Parce que avec un sac sur sa tête à elle, ça suffit pas. Non il faut quand même de la lumière pour qu'il puisse voir le GPS lui indiquant la route de son...

CHLOE: Oh! Max, c'est dégouttant!

MAXIME: Mais non c'est pas sale. C'est le corps humain. A combien on tient dans une de ses culottes à votre avis?

JULIE: Je savais Aurélien désespéré mais pas à ce point. Tu m'étonnes qu'elle drague sur internet. Elle peut faire valoir sa beauté intérieure.

CHLOE: Ben oui justement, c'est la beauté intérieure qui compte.

PHILIPPINE: Oh non, Chloé, tu es mignonne, tu vas pas croire ces trucs-là. C'est ce qu'on raconte aux moches pour qu'ils ne perdent pas espoir.
Aurélien rentre avec Scarlett.

AURELIEN: Nous revoilà.

CHLOE: Et bien justement on parlait de vous.

AURELIEN: Vraiment ? Et vous disiez quoi?

Un silence.

JULIE: On réfléchissait à ce que l'on pourrait porter à votre mariage. Et avec les filles, on a eu un débat de ce qui se fait et ce qui ne se fait pas d'un point de vue vestimentaire.

AURELIEN: Oh, n'allez pas trop vite en besogne. Julie et Thomas vont se marier avant nous. Ça fait combien de temps, cinq ans?

JULIE *:*Sept dans quelques mois. *En regardant Thomas.* Et puis c'est vrai ça chéri, on se marie quand? Il serait temps d'y penser.

THOMAS: *embarrassé.* J'y pense, j'y pense.

JULIE: Ça serait bien qu'on le fasse avant la naissance du petit.

THOMAS: *blême.* Du... du...

JULIE: Mais non, je plaisante. Je suis déçue, je pensais pas que tu réagirais comme ça.

Scarlett tire Aurélien par la manche et lui dit quelque chose à l'oreille.

AURELIEN: Oh mince, on a laissé les cadeaux de Martin dans le coffre de la voiture. Vous pouvez nous donner un coup de main pour les monter

Ils s'apprêtent tous à sortir.

PHILIPPINE: Il faut que quelqu'un reste au cas où Martin arrive.

JULIE: Je reste aussi, pour pas que ça paraisse suspect que Philippine soit seule chez nous.

PHILIPPINE: Pourquoi ça serait suspect?

JULIE: On ne sait jamais avec toi.

Les autres sortent. Philippine va dans la salle de bain.

Scène 10 : Philippine et Julie :

Julie s'assoit dans la canapé, prend le portable de Thomas et cherche quelque chose dedans. Philippine ressort de la salle de bain.

PHILIPPINE: Tu fais quoi?

JULIE : *surprise, repose le téléphone.* Rien de particulier. Tu tiens le coup ?

PHILIPPINE : Par rapport à quoi ?

JULIE : Par rapport à Chloé ?

PHILIPPINE : Pourquoi je devrais tenir le coup ?

JULIE : C'est la nouvelle copine d'un homme qui a beaucoup compté dans ta vie.

PHILIPPINE : C'est bon, j'ai continué mon chemin, je m'en suis remise.

JULIE : Je sais que tu es jalouse.

PHILIPPINE : Je ne suis pas jalouse.

JULIE : C'est pas grave tu sais. C'est normal d'être jalouse.

PHILIPPINE : Oui, c'est vrai, on l'est tous.

JULIE : Non, pas moi.

PHILIPPINE : Vraiment ?

JULIE : Vraiment ! Je ne suis pas jalouse mais...

PHILIPPINE : Mais...

JULIE : Rien.

PHILIPPINE : Alors pourquoi tu regardes dans le téléphone de ton homme alors?

JULIE : Oh, j'avais envie de jouer. Il a des super jeux sur son téléphone, je l'envie.

PHILIPPINE : Bon ok vas-y, regarde, je le dirai pas Thomas.

JULIE : Merci. *Elle reprend le téléphone et pianote dessus.*

PHILIPPINE : Tu sais, je ne pense pas que Thomas soit le genre de mec à être infidèle.

JULIE : *absorbée.* Hein hein.

PHILIPPINE : Martin non plus n'a jamais était infidèle. Il était fou de moi. De toute façon il aurait jamais eu assez d'énergie pour contenter plusieurs femmes à la fois, je compte pour deux, voire trois.

JULIE : Tu sais, il y a pas que le sexe dans l'infidélité. Il a très bien pu avoir une relation platonique avec quelqu'un, une amitié particulière.

PHILIPPINE : De quoi tu parles?

JULIE : Rien!

PHILIPPINE: Est-ce que Martin voyait quelqu'un? *Julie continue de pianoter.* Julie, dis-le moi. Julie... *Elle lui prend les téléphone des mains.* Je te le rend si tu me dis la vérité.

JULIE: *un temps* On a tous pensé vers la fin qu'il voyait quelqu'un mais on en était pas sûrs...

PHILIPPINE: On ? Qui ça « on »?

JULIE: Thomas et moi.

PHILIPPINE: Et ?

JULIE: Maxime.

PHILIPPINE: C'est tout ?

JULIE: Et Aurélien. Écoute, on a rien osé te dire.

PHILIPPINE: C'est Chloé c'est ça ? C'est elle qui m'a piqué mon mec.

JULIE: Mais non, pas possible, ils se connaissent depuis 6 mois et vous êtes séparés depuis un an. Je peux avoir le téléphone maintenant?

PHILIPPINE: *Elle lui rend le téléphone.* Ils mentent peut-être.

JULIE: *qui s'est remis à chercher dans le téléphone.* Pourquoi ils mentiraient?

PHILIPPINE: Je sais pas, pour me protéger comme mes amis l'ont fait à plusieurs reprises.

JULIE: Tu connais une certaine Lola?

PHILIPPINE: Non pourquoi ?

JULIE: Elle a envoyé plusieurs messages à Thomas récemment.

PHILIPPINE: *prise de jalousie* Quoi ?

JULIE: Écoute ça : « J'ai passé une super soirée, je vais m'endormir en pensant à ce que ton énorme... »

PHILIPPINE: Bla, bla, bla! Je veux pas entendre des trucs comme ça! Je veux rien savoir des détails de l'anatomie de Thomas.

JULIE: «Ta copine en a de la chance de pouvoir profiter de toi depuis autant de temps.

J'ai hâte de remettre ça. » . Non mais je rêve ou quoi?

PHILIPPINE: *prise de jalousie* Oh le salaud ! Oser nous faire ça ! Quoi, on lui suffit pas ?

JULIE: Et lui il répond « C'était vraiment agréable, tu es plus douée que ma copine et plus libérée aussi. » Le mufle! Je suis libérée et je serai meilleure si lui était meilleur. Et en plus, il est pas si bien monté que ça.

PHILIPPINE: Oui je sais.

JULIE: Hein?

PHILIPPINE: Façon de parler!

Scène 11. Thomas, Maxime, Aurélien, Chloé et Scarlett rentrent.

THOMAS : Qu'est que tu fais avec mon portable, ma puce ? Il a sonné.

JULIE: Oui. Tu as reçu un message. De Lola.

THOMAS: Connais pas.

JULIE: Elle t'a pourtant envoyé plusieurs messages déjà.

THOMAS: Et ça disait quoi?

JULIE: « J'ai passé une super soirée, je vais m'endormir en pensant à ton énorme... »

AURELIEN: *il s'écrit.* Sens de l'humour ! Thomas... est vraiment... très drôle. *Il chuchote aux autres.* Scarlett est très chaste. Elle ne connaît pas les choses de la vie.

MAXIME: Heureusement pour toi.

JULIE: Bon alors tu peux me dire qui c'est ?

THOMAS: Une collègue qui me fait une blague.

JULIE: *elle fait semblant de rire.* Je suis morte de rire, qu'est ce que c'est drôle!

THOMAS: *il se tourne vers Chloé qu'il attrape par les épaules et place entre Julie et lui.* Chloé, toi qui est si gentille, si diplomate et qui me connaît bien, explique lui. S'il te plaît.

CHLOE: Je...

PHILIPPINE: Vas-y Chloé, on t'écoute.

CHLOE: Je...
JULIE: Chloé, tu es mon amie à moi aussi. Et je sais que tu ne sais pas mentir.

CHLOE: Je.... Non désolée Thomas je peux pas. Il t'a trompé Julie.

PHILIPPINE : Espèce de salaud !

AURELIEN : Oh non Thomas, pas toi !

MAXIME : T'es sérieux, mec ?

CHLOE : Et il n'y a pas eu que Lola. Il y a eu aussi quelqu'un d'autre. Que tu connais très bien.

JULIE : Qui ?

Chloé, les yeux baissés, désigne Philippine du doigt. Celle-ci lui décoche une énorme baffe. Chloé tombe à terre lourdement. Aurélien l'aide à se relever. Lorsqu'ils s'aperçoivent du regard que Julie lance vers Thomas et Philippine, les quatre autres se reculent le plus possible.

MAXIME: Ça va péter. Ça va grave péter.

Un silence tendu se fait entendre.

MAXIME: Ça va être pire que ce que je pensais.

Julie avance vers Maxime, l'attrape par le col et l'emmène avec elle dans la salle de bain. On entend se débattre en coulisse. Thomas se précipite vers la salle de bain.

THOMAS: Julie, qu'est ce que tu fais, ouvre!

JULIE: Encore cinq minutes!

MAXIME: D'habitude je fais mieux que cinq minutes.

THOMAS: Ouvre c'est ridicule.

JULIE: Ridicule ? C'est œil pour œil, dent pour dent très cher! Tu as couché avec ma meilleure amie, je couche avec ton meilleur ami.

AURELIEN: C'est pas moi ton meilleur ami?

THOMAS: Ça n'arrangera pas les choses au contraire. Et puis tu sais que je ne suis pas jaloux.

AURELIEN: Il m'avait pourtant dit que c'était moi.

THOMAS: Julie, je ne t'entend plus là!

AURELIEN: Je n'ai donc pas de meilleur ami?

THOMAS: Ouvrez!

AURELIEN: Dis, Chloé, tu voudrais pas être ma meilleure amie?

La porte s'ouvre. Julie et Maxime en sortent décoiffés et débraillés.

JULIE: Quelle déception!

MAXIME: J'ai du boire un peu trop d'alcool. *A Thomas.* Je l'ai pas touché. C'est elle qui a tout fait. *Il reprend un verre.*

JULIE: *elle s'approche d'Aurélien.* C'est à toi maintenant.

Scarlett s'interpose entre les deux, regarde Julie longuement dans les yeux, d'un air mauvais. Julie s'éloigne.

JULIE: Ça va j'ai compris.

THOMAS: Julie, écoute, c'est pas ma faute...

PHILIPPINE: Pas ta faute? Je t'ai violé peut-être? Tu étais bien consentent en tout cas.

THOMAS: J'avais trop bu...

PHILIPPINE: Euh... non. Tu étais sobre.

THOMAS: Notre couple allez pas si bien que ça...

JULIE: Vraiment? J'en ai pas le souvenir.

MAXIME: *tout bas, à Thomas.* Ça sent le roussi, mec, si tu donnes encore un mauvais argument tu vas te faire étriper.

THOMAS: Elle avait mis ses seins sous mon nez.

PHILIPPINE: Je... Non, là, je ne peux pas le nier.

JULIE: *ironique.* En effet, là, ça change tout, tu es pardonné. *A Philippine.* Et toi c'est quoi ton excuse?

PHILIPPINE: *elle prend un faux air triste.* J'ai vraiment eu beaucoup de mal à encaisser la rupture avec Martin. Je faisais un peu n'importe quoi. Je restais chez moi à pleurer, je ne mangeais plus, je passais mes journées à dormir car quand je dormais, je n'y pensais plus. Lorsque je mettais le nez dehors, je finissais dans le lit du premier venu et je le regrettai aussitôt. Et un jour, le premier venu c'était Thomas. Je suis désolée.

JULIE: *émue.* Ma chérie, ça devait être une période vraiment dure pour toi! Je ne m'étais pas rendu compte que c'était à ce point. C'est moi qui suis désolée. *Elle la prend dans ses bras.* Je ne t'en veux pas.

PHILIPPINE: Merci.

JULIE: *à Thomas.* Tu n'as pas honte d'abuser d'une femme vulnérable?

AURELIEN : Il est 21h, quelqu'un a essayé d'appeler Martin ?

CHLOE : *elle sort son téléphone et appelle* Son portable est éteint.

PHILIPPINE :C'est étrange, non ?

CHLOE : Bah, non pourquoi ?

PHILIPPINE : Tu n'es pas jalouse non plus, tu es vraiment pas amusante !

CHLOE : Non, je ne suis pas jalouse mais... je m'inquiète quand même un peu. Tu as pas besoin de lui écrire un SMS, Max, son portable est éteint.

MAXIME : J'écris pas à Martin.

CHLOE : A qui tu envoies un SMS ?

MAXIME Mais euh...T'occupes.

CHLOE : Tu es encore en train d'envoyer un SMS à Justine ? *Maxime reste silencieux* Non, Max. Qu'est ce qu'on avait dit ?

AURELIEN : Il est encore en train d'écrire à Justine ?

MAXIME: Laissez-moi, vous pouvez pas comprendre. Vous êtes tous là, en couple, vous vous faites des mamours. C'est dégoûtant. Vous savez quoi ? Vous me faites chier avec votre bonheur. Ce que j'ai avec Justine c'est spécial. Nos chemins n'arrêtent pas de se croiser, c'est pas par hasard. On est incapables de vivre l'un sans l'autre, on finit toujours pas se recontacter. On est fait l'un pour l'autre. C'est juste qu'elle le sait pas encore.

THOMAS : Écoute Max, primo, c'est pas vos chemins qui se croisent c'est toi qui reste planqué devant chez elle. Deuzio, c'est toujours toi qui la contacte. Et tertio, tu te souviens de ce qu'a dit le juge à propose du fait de l'appeler ?

JULIE : Si Martin était déjà là, on aurait pas ce problème. Lui au moins il surveille Max pour pas qu'il fasse de connerie.

THOMAS : Ça va je suis pas sa mère.

MAXIME : C'est vrai ça c'est pas mas mère. Je suis assez grand pour savoir ce que je fais.

PHILIPPINE: Et puis je te rappelle que t'es pas seul à être célibataire. On peut facilement y remédier.

CHLOE: Eh! Du calme! Tous les mecs ne sont pas amoureux de toi miss Monde.

PHILIPPINE: Parce qu'ils te préfèrent miss Parfaite? Ces crétins aiment peut-être être brossés dans le sens du poil mais ce qu'ils aiment surtout c'est le sex-appeal et ce qu'on est capable de leur faire au lit.

CHLOE: Oui, ils couchent tous avec toi mais c'est avec moi qu'ils veulent faire leur vie.

Philippine va pour frapper Chloé mais Scarlett la retient. Philippine se débat.

AURELIEN: Phil, je crois que l'on a eu notre lot de violence pour aujourd'hui. La violence c'est mal, ça ne résout rien.

PHILIPPINE: Bla, bla, bla... Tu vas arrêter un peu de dire des conneries. Dire des généralités, quel grand penseur tu fais! *elle prend une voix niaise* La racisme c'est caca. L'amour, c'est beau! Chaque pot a son couvercle. Les enfants sont formidables. Ça te rend vraiment con l'amour.

AURELIEN: *rit niaisement en lançant un regard langoureux à Scarlett.* Oui j'avoue, mais j'avais jamais ressenti ça avant.

PHILIPPINE: C'est bien ce que je disais. Bon la grosse, tu peux me lâcher maintenant!

Ils prennent tous un air choqué.

AURELIEN: Qu'est ce que tu as dit?

PHILIPPINE: Quoi ? Oh, ça va, j'ai appelé Scarlett la grosse comme j'aurai pu appeler Chloé blondasse ou Julie la naine.

JULIE: Ça fait pas plaisir à entendre. C'est blessant.

AURELIEN: Tu dois des excuses à Scarlett.

PHILIPPINE: Des excuses? Bon d'accord. Scarlett, je m'excuse, c'était pas sympa. Mais si tu savais ce que les autres ont dit de toi tout à l'heure pendant que vous étiez sortis. Hein les gars? Je crois que le terme « désespéré » a été utilisé pour désigner Aurélien. Thomas a bien rigolé en imaginant la taille de tes culottes Scarlett. Max a suggéré que toi Aurélien tu utilises un GPS pour trouver son vagin quand vous coucherez ensemble ce soir. Et oui Scarlett, ce soir c'est le grand soir, tu vas voir le loup pour la première fois. Et crois -moi pour l'avoir vu, il est pas si méchant que ça.

Scarlett, triste, se dirige vers la porte de sortie. Aurélien la rattrape.

AURELIEN: Ma petite pomme d'amour,

attend! Je t'ai menti, c'est vrai, je ne suis plus vierge. Mais c'est arrivé une seule fois, avant que tu fasses ton apparition dans ma vie. J'étais désespéré de trouver un jour mon âme sœur alors j'ai calmé mes pulsions dans les bras de la première fille qui était d'accord. Et puis peu de temps après je t'ai rencontré et j'ai regretté de ne pas avoir attendu pour le faire. Si j'avais su, j'aurai pu attendre quelques semaines. Donc pour moi ma vraie première fois, ce sera avec toi. Je t'aime mon petit cœur. *Ils s'embrassent.*

Maxime a la nausée et va dans la salle de bain.

JULIE: Tu as couché avec Aurélien? Mais tu couches vraiment avec n'importe qui.

PHILIPPINE: C'était juste après ma rupture d'avec Martin....

CHLOE: Et tu étais déprimée. On connaît la chanson.

PHILIPPINE: On t'a pas sonné.
JULIE: Et Maxime?

MAXIME: *qui sort de la salle de bain.* Quoi Maxime?

PHILIPPINE: Oui.

MAXIME: Quoi Maxime?

THOMAS: Attend, je croyais que je te plaisais vraiment et que c'est pour ça que tu avais envie de moi.

JULIE: Tu vas pas faire une crise de jalousie! Et puis d'abord, c'est pas sûr que tu passes la nuit ici. Ni les suivantes.

THOMAS: Mais... je croyais que c'était oublié, pardonné...

JULIE: Pour Philippine oui mais pas pour toi. Elle avait une excuse elle.

CHLOE: Vous voulez peut-être que l'on sorte?

PHILIPPINE: Chut! Ça devient intéressant. Ne faite pas attention à nous.

Philippine s'assoit dans le canapé, un verre à la main. Maxime la rejoint. Aurélien et Scarlett hésitent puis viennent s'asseoir aussi.

PHILIPPINE: *à Chloé.* Bon, tu t'installe ou tu

part? *Chloé vient s'asseoir.* C'est bien ça ma cocotte. *Elle lui pince la joue.*

THOMAS: Et donc pour moi, ce n'est pas pardonnable?

JULIE: Oui.

THOMAS: Pourquoi?

JULIE: Parce que Philippine était malheureuse!

THOMAS: Malheureuse au point de se taper tous les mecs de la bande.

JULIE: C'était pas une raison pour coucher avec elle. Tu imagines si on devait coucher avec toutes les personnes à consoler? La vie serait une orgie.

MAXIME: Ça pourrait être cool.

CHLOE: Je me demande comment ça va finir cette histoire.

MAXIME: Je sens bien qu'elle va le mettre dehors et je vais devoir l'héberger.

PHILIPPINE: Non, ils sont capables de nous

pondre le truc auquel on ne s'attend pas.

Scarlett chuchote quelque chose à l'oreille d'Aurélien.

AURELIEN: Non, ma pitchounette. Elle l'a dit tout à l'heure qu'elle était pas enceinte. Mais elle a peut-être menti ceci dit.

THOMAS: Ok, je n'étais pas malheureux mais j'étais dans une phase de confusion, ce qui m'a rendu vulnérable.
JULIE: Oh, l'excuse.

THOMAS: Je me demandais si j'avais envie de faire ma vie avec toi et si ça valait le coup de rester.

MAXIME: Je l'avais dit, quelqu'un va dormir dans mon clic-clac ce soir. *Maxime se lève.*

PHILIPPINE: *elle le rattrape par la chemise et le fait se rasseoir.* Attend, c'est pas fini.

JULIE: Et tu pensais que Philippine t'aiderait à résoudre le problème. Et Lola, elle aussi elle sait résoudre les problèmes peut-être ?

THOMAS: Oui, elles m'ont aidé toutes les deux. J'ai fini par faire mon choix.

JULIE: Tu aimes l'une d'entre elles ?

THOMAS: Non. Mais je vais répondre à mes questions et toi à une autre. *Il se met à genoux.* Tu veux m'épouser?

JULIE: *elle pousse un cri hystérique.* Oui! Oui! *Elle lui saute au coup.* Bien sûr! *Les autres se lèvent pour applaudir.* Attend une minute, qu'est-ce que je suis en train de faire? Non, je ne vais pas t'épouser, tu as couché avec ma meilleure amie. Tu crois quoi? Va faire tes valises, tu part à la fin de la soirée.

THOMAS: Et pour aller où?

MAXIME: Ça va, j'ai compris. Tu vas dormir chez moi.

CHLOE: *elle s'avance vers Julie et la prend par l'épaule.* Julie, vient avec moi. *Elles se dirigent vers la chambre.*

Thomas s'effondre dans le canapé, la tête entre les mains. Maxime se met à rire niaisement.

PHILIPPINE: Qu'est ce que tu as à rire comme un crétin?

MAXIME: Deux filles seules dans une chambre...

PHILIPPINE: J'espère vraiment que c'est l'alcool qui te fait parler sinon faut vraiment que tu te trouves une meuf.

AURELIEN: *il s'assoit à côté de Thomas.* Ça va aller?

THOMAS: Comment tu veux que ça aille? J'ai tout foutu en l'air.

MAXIME : Aller au pire, tu viens habiter chez moi. On sera colocs, ça sera trop cool !

THOMAS : Ok mais promet moi que tu arrêteras de te balader à poil.

MAXIME : On invitera pleins de nanas. Tu te souviens de Sarah ? Et Vanessa ?

THOMAS Oh ouais ! Et Héléna ! Et... Charlotte !

MAXIME : Charlotte, t'es sûr ?
AURELIEN : Si, elle est bien Charlotte *Scarlett lui broie la main.* Aïe ! Mais moins bien, vraiment moins bien que toi ma petite

chérie !

PHILIPPINE : Sinon il y a moi !

THOMAS : Non merci, j'ai déjà eu assez de problèmes comme ça ! *Il soupire* Ah oui Héléna... avec sa peau couleur caramel...

JULIE: *elle sort de la chambre* Mon chéri, je t'aime, tu es pardonné.

THOMAS: Je suis content mais... Tu ne penses pas que l'on a besoin de prendre nos distances, faire un break, sortir chacun de son côté, pour mieux se retrouver après.

JULIE: Mais pour quoi faire, on va se marier!

THOMAS: Ah oui c'est vrai.

JULIE: Alors, j'y ai pensé, on louera un château à la campagne. On arrivera sur place dans une Rolls Royce, il faudra qu'il fasse beau donc on on fera ça au mois de mai ou de juin de l'année prochaine, le temps de tout organiser. Je me vois bien dans une robe bustier avec une longue traîne. Ma nièce pourra la tenir quand j'entrerai dans l'église. Et toi, tu auras un chapeau haut de forme, ça te va bien les chapeaux, un gris et ton costume sera de la même couleur. On fera une buffet comme ça il y en aura pour tous les goûts. Oh, et ça serait bien un groupe de musique pour l'animation, comme dans les films américains!

THOMAS: *il l'embrasse.* Magnifique ma puce, on en reparle d'accord?

PHILIPPINE : Bon, Chloé, je suis désolée si je t'ai fait mal tout à l'heure.

CHLOE : C'est pas grave. *Elle lui tend la main.* Amie ?

PHILIPPINE : Faut pas déconner quand même. Je veux juste savoir une chose, je suis plus avec Martin depuis décembre 2015. Quand est-ce que tu l'as rencontré ?

CHLOE : Avril de cette année mais on est réellement ensemble que depuis mai. Il ne t'a pas quitté pour moi si c'est ce que tu veux savoir.

PHILIPPINE : *elle prend Chloé dans les bras, émue* Merci de me dire ça. Tu peux pas savoir à quel point ça me fait du bien. Je comprenais pas comment il pouvait quitter quelqu'un comme moi pour quelqu'un comme toi.

CHLOE : Si ça peut te rassurer, il n'y a eu personne entre toi et moi.

MAXIME : Bah si il y a eu l'asiate... comment elle s'appelait déjà ? Sophie !

JULIE : Bravo Max. On était pas censés en parler.

MAXIME : Oups. J'ai fait une boulette ! Oh là là !

CHLOE : Ah ! Il y a eu une Sophie donc. Ok.

PHILIPPINE : Jalouse ?
CHLOE : *un peu crispée* Je ne suis pas jalouse mais... ça a duré combien de temps ?

MAXIME : 3 mois, quelque chose comme ça.

PHILIPPINE : Il aura pas vraiment profité de son célibat.

MAXIME : Enfin non, je dis des conneries. Il sortait déjà avec elle avant de rompre avec Philippine. Ça fait plus.

PHILIPPINE : Quoi ?

THOMAS : Bordel Max !

PHILIPPINE : *à Julie* Je croyais que vous soupçonniez quelque chose mais que vous n'étiez pas sûrs !

CHLOE : Et ça a fini quand Max ?

MAXIME : Alors là... Elle était là à l'anniversaire d'Aurélien.

CHLOE : Aurélien, c'est quand ton anniversaire déjà ?

AURELIEN : En... février. Le... 25

CHLOE : Je croyais que tu étais gémeaux.

MAXIME : Oui c'est ça, c'était le jour de la fête de la musique. Je me souviens !

JULIE : *à Thomas* Bâillonne le !

CHLOE : Donc il sortait encore avec elle quand il m'a rencontrée. Il me disait qu'il était célibataire. Et vous, vous avez rien dit ? Bande de lâches !

PHILIPPINE : On est deux à avoir été trompées.

CHLOE : Et ça devrait me rassurer ? Moi on ne me trompe pas ! Les hommes ont trop de respect pour moi. Ils ont tellement peur de me faire du mal, je suis tellement fragile. Mon cul que je suis fragile oui ! Ils sont tous trop cons pour voir autre choses que ce qu'on veut bien leur montrer.

PHILIPPINE : Bravo, et tu es fière de toi ?

CHLOE : Oui, parce que la technique de la garce vois-tu ça marche pas !

PHILIPPINE : Répète un peu.

CHLOE : Tu te sens visé ? C'est pas de ma faute si tu te vois comme une garce. Après tout, c'est peut-être ce que tu es réellement.

PHILIPPINE : Viens te battre si t'es une femme !

Philippine et Chloé commencent à se battre en se donnant des petits coups.

THOMAS : Ça suffit maintenant

Le téléphone fixe se met à sonner mais personne n'y prête attention. Les coups se font plus fort jusqu'à ce que Chloé donne un coup dans le nez de Philippine.

PHILIPPINE : Oh la garce !

CHLOE : Je suis désolée ! Je voulais pas...

PHILIPPINE : Bordel, vous attendez quoi pour m'apporter de la glace ?

Julie va prendre de la glace dans le congélateur qu'elle met dans un torchon. Chloé pleurniche dans les bras de Maxime.

Le répondeur s'enclenche.

« Salut les gars c'est Martin. Je suis désolé j'ai du bosser tard. Je sors à peine du boulot. Mes parents sont venus sur Paris pour me faire une surprise pour mon anniversaire, ils m'emmènent au resto. Je peux donc pas passer chez vous ce soir. A très vite, bisous »

PHILIPPINE : Oh le fumier !

CHLOE : Je suis pas jalouse mais... cette histoire de bosser tard, j'y crois pas trop. Qu'est ce que j'ai fait pour qu'il me fasse ça ? Je comprend pas, je suis gentille, je suis pas chiante... Je couche peut-être pas assez.

PHILIPPINE : Tu sais, quand il était avec moi aussi il bossait tard. Et pourtant qu'est ce qu'on couchait !

CHLOE : Je suis désolée pour ton nez Philippine.

PHILIPPINE : C'est ps grave, je voulais me le faire refaire de toute façon. Désolée pour Martin. Si tu veux, on peut sortir en boîte ce soir, ça nous changera les idées.

CHLOE : C'est une super idée. *Elles se prennent dans les bras l'une de l'autre, elles se lèvent et se préparent à partir.* Tu utilises quelle technique quand Martin ronfle ?

Elles sortent.

JULIE : *elle lance un regard noir à Thomas.* On est peut-être fiancés mais j'ai pas oublié. *Elle sort.* Les filles, attendez-moi, j'ai envie de pêcho ce soir !

AURELIEN : Je vais y aller aussi. D'ailleurs je crois que je ne vais pas revenir. Il me semble que Limoges est une belle ville. Je pourrais y rencontrer de nouveaux amis qui seront réellement sympas et qui ne parleront pas dans mon dos. Des amis qui nous aimeront Scarlett et moi, et qui se battent pas, qui ne foutent pas la merde. Au revoir les gars. Ce fut un plaisir. *Il sort.*

Scarlett reste à les regarder, avec un air déçu.

MAXIME : Aurélien, tu as oublié ton truc dans le salon !

AURELIEN : *Il rentre et prend Scarlett par la main.* Adieu

MAXIME : Et ben, quelle soirée ! Je pensais pas que ça se passerait comme ça. Enfin, quand on laisse des gens enfermés dans un même endroit, c'est inévitable, ça finit toujours par s'engueuler. Y a des vérités qui tombent. C'est triste. Ça m'enlève toute fois en l'humanité. Enfin il reste nous. On est potes. Tout se passe bien pour nous. Hé, ami pour la vie, hein ?

THOMAS : *il saisit Maxime par le col.* Mais bordel tu vas la fermer oui ! Si tu savais un peu la fermer ça aurait pas eu lieu tout ça ! Qui c'est qui a parlé de Chloé à Philippine ? Toi ! Qui c'est qui a critiqué Scarlett en premier ? Toi ! Qui a foutu la merde dans le couple de Chloé et Martin ? Toi ! Toi parce que tu sais pas te tenir en soirée. Faut toujours que tu sois bourré. Y a pas une seule soirée où tu aies pas dit ou fait une connerie. Tu nous gâches la vie à tous. Alors fait moi plaisir et casse toi de chez moi *il le pousse dehors.*

MAXIME : *il rentre* Ouais mais t'exagère un peu, c'est pas moi qui ait trompé Julie !

THOMAS : Mais tu vas dégager, oui ! *Il le repousse dehors et claque la porte. Il s'effondre sur le canapé. Il trouve une carte d'anniversaire sur la table basse. Il l'ouvre et on entend la musique de « joyeux anniversaire ». Noir.*

GOTHIC LOLITAS !

Shojo-ai en trois épisodes à personnages multiples pour un même rôle par Delphine Thelliez et Imago des Framboisiers

<u>Personnages</u>

CINDERELLA écolière enjouée et susceptible

IRUKA , jeune fille sombre et introvertie, sa meilleure amie

BUTTERCUP , écolière timide,

GOLDFISH, jeune demoiselle exagérément petite et mignonne

VOIX DE LA SOEUR

Cette pièce a été représentée pour la première fois le 15 octobre 2014 au Laurette Théâtre Paris dans une mise en scène d'Imago des Framboisiers.

La pièce a été écrite entre décembre 2013 et mai 2014 suite à des ateliers organisés avec de vraies Lolitas. Certaines phrases de la pièce proviennent de conversation ayant réellement eu lieu.

ÉPISODE 1 SCÈNE 1

« Réveil difficile » **BUTTERCUP**

*Chez **BUTTERCUP**. Réveil difficile, la sonnerie retentit plusieurs fois, et plusieurs fois elle tente de l'éteindre. Finalement elle ouvre les yeux et prend le temps de redécouvrir son environnement.*

BUTTERCUP - J'aurais pas dû manger autant de glace à la fraise hier soir...

Elle regarde le réveil. Panique. Il est déjà huit heures. Elle se lève brusquement et se prend les pieds dans la couverture. Elle va se brosser les dents et se met à parler au public.

BUTTERCUP - Je m'appelle Buttercup. Je suis un peu maladroite mais on m'a dit que j'étais une jeune fille pleine d'énergie.

Tentatives de se coiffer. Les différentes tentatives ne la satisfont pas.

BUTTERCUP - Je suis peut-être un peu brusque ce matin mais en fait c'est surtout que j'ai hâte... Elle passe sa robe en quelques secondes.

BUTTERCUP - J'avais oublié que c'était... mon premier jour d'école !

Noir.

SCÈNE 2

« Chorégraphie Miraculum » CINDERELLA ;
IRUKA ; GOLDFISH ; BUTTERCUP

*Entrée de GOLDFISH, IRUKA et
CINDERELLA dans le noir dos public.
Chacune se retourne et dit son nom.*

GOLDFISH – Goldfish

IRUKA – Iruka !

CINDERELLA – Cinderella !

BUTTERCUP *arrive en courant, essoufflée.*
Buttercup ! T*outes ensemble, en amorçant un
mouvement et lançant en même temps la voix.*

TOUTES – LO... LITA !

Chorégraphie.

SCÈNE 3

« Mors incestifica pulsat pede » IRUKA ; Voix
de la soeur

*Décor de sa chambre: vieux livre type
grimoire, bougies consumées tout autour,
éventuellement dans des bougeoirs de type
gothique (têtes de mort etc...)*

Iruka vient de finir de s'habiller, elle a les cheveux dans les yeux. Elle lève petit à petit la tête, lentement, regarde le public avec un sentiment de résignation et de dégoût. Brusquement, elle attrape ses cheveux pour faire une queue de cheval. Mouvement quotidien empli d'une violence intérieure.

VOIX DE LA GRANDE SOEUR – Iruka, ton petit déjeuner est prêt ! Dépêche-toi, petite sœur, tu vas être en retard à l'école. *Elle prend une boîte en carton, et jette les bougies dedans avec rage.* Tout va bien, Iruka?

IRUKA - Oui, oui. *Elle ouvre doucement le grimoire, va pour le jeter et finalement regarde une formule.* Un jour, je la tuerai. Quand je serai une vraie sorcière, je la tuerai. Et elle souffrira comme je souffre à cause d'elle. Mais en pire. En pire. Elle m'implorera pour que je l'achève. Mais je ne ferai pas ce qu'elle veut, pas tout de suite. Mors incestifica pulsat pede. Mors incestifica pulsat pede. Mors incestifica pulsat pede.

VOIX DE LA GRANDE SOEUR – Iruka ? Tu es prête ? Tu as encore dormi toute habillée !

IRUKA – *hurle* Ne touche pas à mes vêtements ! C'est compris ?

VOIX DE LA GRANDE SOEUR – Ce que tu es susceptible ! Cinderella est en bas, elle t'attend, elle est contente de te voir.

IRUKA – J'arrive. *Elle range précipitamment le livre*

SCÈNE 4

« J'ai retrouvé ta culotte »

IRUKA ; CINDERELLA (enchaînement rapide)

Cinderella entre brusquement.

CINDERELLA – Regarde Iruka, j'ai retrouvé ta culotte que tu avais perdue ! Elle est trop mignonne !

IRUKA – Où est-ce que tu as trouvé ça ?

CINDERELLA – Dans le couloir, près de la chambre de ta sœur. *Iruka lui arrache des mains et la met dans une boîte qu'elle ferme.* Qu'est-ce qu'il y a ? *Léger temps,*

IRUKA – *se retourne et sourit.*Rien. *petit rire* Merci de l'avoir retrouvé.

CINDERELLA – Alors on y va ? Il faut qu'on arrive à l'heure à l'école ! C'est le premier jour de Buttercup, et devine quoi... elle va être en retard. Ca le fait vraiment pas d'être en retard le premier jour.

Iruka prend vite son sac, pendant ce temps, Cinderella va fouiller un peu. Iruka court pour sortir et s'arrête voyant Cinderella distraite.

IRUKA – Alors, on y va, qu'est-ce que tu fais ?

CINDERELLA – Elle est jolie ta veste !

IRUKA – Tu peux la... *Cinderella l'enfile* prendre.

CINDERELLA – Elle va me tenir chaud ! Ils sont vraiment super tes vêtements. Je comprends que ta sœur te les pique.

IRUKA – Bon, on y va ?

CINDERELLA – Oh ça va, ça va... je viens. *Elle lui fait un regard tout gentil*

IRUKA – Quoi ?

CINDERELLA – Il te reste des tartines ?

IRUKA – Ah non, on est retard !

Noir rapide. Bruit de cracotte mordue. Cinderella a une tartine dans la main et croque dedans avec délice. On entend Iruka soupirer. Noir rapide. Nouveau bruit de cracotte mordue.

SCÈNE 5

« Et si on créait un club ? »

IRUKA ; CINDERELLA

Lumière, elles marchent ensemble dans la rue.

CINDERELLA – Et si on créait un club ?

IRUKA – Un club de quoi ?

CINDERELLA -Je sais pas, je m'ennuie...

IRUKA - Tu n'as qu'à faire tes devoirs.

CINDERELLA - Non, ça m'ennuie les devoirs.

IRUKA - Mais puisque tu t'ennuies!

CINDERELLA -Mes devoirs m'ennuient encore plus. Je veux faire quelque chose d'amusant.

IRUKA - On pourrait créer un club de magie?

CINDERELLA - Et pourquoi pas un club d'amusement ?

IRUKA - On fait quoi dans un club d'amusement ?

CINDERELLA - Bah par exemple... des cupcakes ! Mais il faut qu'ils soient colorés, je mange pas les cupcakes s'ils sont pas colorés. Bon sauf si j'ai vraiment très très très faim.

IRUKA – Je déteste la cuisine.

CINDERELLA – Ça c'est pas vrai, tu me prépares toujours des plats trop bons.

IRUKA – Je ne veux pas en faire toute la journée, c'est tout.

CINDERELLA – Alors... un club de lolitas !

IRUKA – Hein ?

CINDERELLA – Oui, de lolitas ! On met des jolies robes, on prend le thé et on mange plein de cupcakes ! *regard noir de Iruka* Enfin, toutes sortes de gâteaux ! Et on pourra faire des commentaires sur les robes des autres.Ton nœud il est mal fait ma chérie , on t'a jamais dit que le bleu ça ne va pas avec le violet. Mais t'as pas mis de jupons ! Bah ouais, mais j'ai des fesses moi.

Iruka lui met la main sur la bouche mais elle continue de parler, elle finit par céder.

CINDERELLA – Et à la fin, on sera les lolitas les plus célèbres de tout le lycée, puis les plus célèbres de toute la ville et puis les plus célèbres de tout l'univers ! *elle fait un grand mouvement triomphant*

IRUKA - *blasée* Quelle chance pour

l'univers...

CINDERELLA – Je vais tout de suite en parler à Buttercup.

IRUKA – Ce n'est peut-être pas le moment...

SCÈNE 6

« Tout droit vers votre cœur ! »

IRUKA ; **CINDERELLA** ; **BUTTERCUP** ;
GOLDFISH (espion) ; **Voix de la prof**

On entend des pleurs

BUTTERCUP – J'ai tellement honte...

IRUKA – Que s'est-il passé, Buttercup ?

BUTTERCUP – Quand je suis entrée dans la classe... j'étais horriblement en retard.

Changement de lumière : Dans la classe

VOIX DE LA PROF – Buttercup ? Buttercup ?.

BUTTERCUP – C'est moi, c'est moi, je suis vraiment désolée...

VOIX DE LA PROF – Allons, mademoiselle, il ne faut pas se mettre dans des états pareils, faites votre présentation puis allez vous asseoir.

BUTTERCUP – *gênée* C'est vrai, il faut que je me présente... *On sent qu'elle a une idée géniale, elle prend un grand sourire* Tout droit vers votre cœur, votre nouvelle amie pour cette année, Buttercup ! *Silence, elle est toute rouge* C'est moi... Je m'appelle Buttercup, j'espère que nous allons passer une très bonne année ensemble.

Changement de lumière : retour devant l'école

IRUKA – Ma pauvre, ce n'est pas drôle... *Buttercup repleure de plus belle*

CINDERELLA – Eh ça te dit de rejoindre notre club ? *Re-pleurs*

IRUKA – Tu es d'une compassion merveilleuse.

CINDERELLA *boude deux secondes. On voit Goldfish apparaît sur le côté et espionne la conversation qui suit*

CINDERELLA – J'ai faim. *Buttercup sourit, heureuse de pouvoir rendre service*

BUTTERCUP – J'ai des tartines beurrées dans mon sac si tu veux. Regarde ! *elle sort un petit paquet enveloppé d'aluminium d'une petite boîte rose*

IRUKA – Buttercup, tu adores vraiment les tartines de beurre.

CINDERELLA – Oh oui, oh oui, oh oui ! *elle croque dans la tartine* Buttercup, tu es géniale. *Buttercup a un rire gêné-*

CINDERELLA – Bon, alors, ça vous dit qu'on crée le club d'amusement des Lolitas ?

 IRUKA – On le ferait où ce club ?

CINDERELLA – Bah chez toi !

IRUKA – Évidemment.

BUTTERCUP – On pourrait prendre le thé ensemble ! Je ramène des muffins.

IRUKA – Oui, ça nous changera des cupcakes.

CINDERELLA – Les cupcakes, c'est trop bon d'abord. *regard noir d'Iruka* Mais c'est aussi très bon les muffins ! Les muffins noirs, au chocolat, très cuits, très noirs, avec du coulis de fraise.

IRUKA – Comme du sang.

BUTTERCUP – Comme une tartine de confiture grillée.

IRUKA – Comme un muffin à la viande.

CINDERELLA – À la viande bien cuite alors.

IRUKA – Je préfère quand c'est saignant.

CINDERELLA – Moi j'aime bien quand c'est rose.

BUTTERCUP – Moi j'aime pas la viande, c'est méchant de manger les autres animaux.

IRUKA – Pourquoi ? Ils nous mangent bien eux.

BUTTERCUP – Non ! Les lapins ne nous mangent pas.

CINDERELLA – Les lapins ça mange tout et n'importe quoi, il faut se méfier des lapins.

Iruka attrape Buttercup par les épaules

IRUKA – Sauté de lapin !

BUTTERCUP – Arrête!

IRUKA – Sauté de lapin, grr !

BUTTERCUP – Espèce de psychopathe !

IRUKA – Non, je suis satanopathe !

CINDERELLA – Bon, la satanopathe, on y va ? J'ai hâte de créer ce nouveau club.

BUTTERCUP – Mais on est que trois.

CINDERELLA – Eh bah c'est pas grave, on est trois motivées.

IRUKA – Ouais...

CINDERELLA – Arrête de jouer les rabat-joie, en plus on va chez toi ! *À Buttercup* Elle a plein de glace à la vanille, c'est ma préférée.

BUTTERCUP – Moi je préfère la glace à la

fraise.

CINDERELLA – Il y en a plein dans son congélateur, tu vas voir !

BUTTERCUP – Ça ne te dérange pas, Iruka ?

CINDERELLA – Mais non ça la dérange pas ! Hein, Iruka ?

Elle va la chatouiller, Iruka réagit en faisant le chat et elles font un petit combat de griffes

qui fait tomber le nœud d'Iruka, Iruka, qui ne l'a pas vu, continue à chatouiller Cinderella qui fuit, elle la poursuit.

BUTTERCUP – Attendez-moi ! Iruka-san, Cinderella-san ! *Elle court après elles.*

SCÈNE 7

« Je veux tout savoir d'elle » **GOLDFISH**

GOLDFISH entre en scène et se précipite sur le nœud tombé au sol, elle le soulève et le porte à son cœur.

GOLDFISH – Tu sais que je t'aime. *Petite musique. Elle commence à danser un peu.* Je veux tout savoir d'elle : son anniversaire, son groupe sanguin, sa couleur de sous vêtement préférée. *Elle détourne la tête, un peu honteuse, elle va s'asseoir au sol et serre le* *nœud contre elle* Oui je l'aime. Je suis totalement lubrique en pensées, en paroles et en actions. Mais personne ne me prend au sérieux. Ils verront quand je me jetterai sur elle pour l'embrasser. Je veux me rapprocher de Iruka-sempai. *elle regarde quelqu'un du public* Qui croyez-vous qu'elle aime ? *Un temps* Qui que ce soit, je lui lancerai un sort qui lui réglera son compte ! *Un temps* Il faut que je rejoigne ce club de lolitas pour me rapprocher de Iruka-sempai ! Demain je les suivrai à la sortie de l'école et je les rejoindrai ! Goldfish va sortir de son bocal ! *elle sort*

SCENE 8

IRUKA ; BUTTERCUP ; CINDERELLA / CINDERELLA 7

Les trois lolitas sont assises sur des coussins.

CINDERELLA - Je déclare la première séance du Club Lolita ouverte ! *Bruits d'applaudissements augmentés de ceux de Cinderella. Buttercup a un sourire et applaudit aussi. Iruka sort une télécommande et coupe les applaudissements.*

IRUKA – Ce n'est pas la peine d'être aussi

pompeux.

Buttercup arrête d'applaudir et prend un air interrogatif.

CINDERELLA – Tu démotives les troupes !

IRUKA – On ne sait même pas encore ce qu'on va faire.

CINDERELLA – Eh bien...*elle se tourne vers Buttercup* Je suis sûre que Buttercup a des idées! *elle se plante devant elle et la regarde avec intensité*

 BUTTERCUP – Euh... c'est-à-dire...

IRUKA – Arrête, tu lui fais peur.

CINDERELLA – Hum....Il te reste de la glace à la vanille ?

IRUKA – Ce n'est pas le moment de manger.

BUTTERCUP – Mais si Cinderella a faim...

CINDERELLA – Buttercup, je t'aime.

BUTTERCUP – Euh merci... moi aussi Cinderella...*Cinderella se jette sur elle* Mais Cinderella qu'est-ce que tu fais ?

CINDERELLA – Regarde, Iruka je meurs de faim, je vais manger la petite Buttercup.

BUTTERCUP – Non, je ne veux pas être mangée !

CINDERELLA – Hum... délicieuse Buttercup...

IRUKA – Ça suffit, Cinderella !

CINDERELLA – Tu sais combien je t'aimerais si tu pouvais convaincre Iruka de me donner sa glace ?

BUTTERCUP – Tu m'aimerais beaucoup, Cinderella ?

CINDERELLA – Je t'aimerais plus qu'un cheesecake aux fruits rouges !

BUTTERCUP – Oh... oh... *elle rougit et détourne la tête*

CINDERELLA – Je tiens à dire que c'est mon cheescake préféré. *Iruka se lève*

BUTTERCUP – Cinderella-chan...*les yeux s'ouvrent en grand, petit son d'étoiles. Iruka pose brusquement le pot de glace. Léger temps puis...*

CINDERELLA – Iruka-chan ! *Elle se jette sur elle deux fois plus fort et la couvre de baisers alors qu''Iruka tente de la repousser. Buttercup tourne la tête avec un regard de dépit triste. Iruka arrive à s'en débarrasser.*

IRUKA – Ce que tu es collante!

CINDERELLA – J'y peux rien moi, j'ai personne en ce moment.

IRUKA – Et alors ? Moi non plus.

CINDERELLA – *taquine* Tu n'as personne non plus Iruka ?

IRUKA – Non, la seule personne que j'aime c'est moi.

CINDERELLA – *déçue* Ah... *Un temps*

IRUKA – Et toi Buttercup, tu aimes quelqu'un ? *Silence, les deux regardent Buttercup d'un air interrogatif*

BUTTERCUP – *sortant brusquement de ses pensées* Moi ? *Gênée.* Non, personne !

SCENE 9

IRUKA ; BUTTERCUP ; CINDERELLA / CINDERELLA ; GOLDFISH Musique de **GOLDFISH**.

Goldfish entre timidement

CINDERELLA - Salut, t'es qui toi ?

GOLDFISH - Je m'appelle Goldfish Je vous ai entendu parler du club de Lolita et... j'en suis une moi aussi.

IRUKA - Et c'est souvent que tu suis les gens

comme ça ? *Goldfish rougit et baisse la tête*

CINDERELLA - Oh arrête, c'est bien qu'on soit plusieurs lolitas. En plus, elle est trop cute ! J'adore ses cheveux roses!

GOLDFISH - Euh...merci...

CINDERELLA - Viens t'asseoir près de moi!

GOLDFISH - *à Iruka* Je peux ?

IRUKA - Fais juste attention à ce qu'elle te mange pas, elle a traumatisé Buttercup.

BUTTERCUP - Non moi ça va.

CINDERELLA - *elle pince les joues de Goldfish* Tu es trop kawaï! Tu ressembles à un cupcake à la framboise!

IRUKA - Arrête avec les cupcakes !

CINDERELLA - Bon *silence. Elle commence à manger la glace.* J'attends la nouvelle discussion avec impatience. *Un temps*

BUTTERCUP - Vous aimez quoi comme style de robe ?

IRUKA: Moi je rêve d'une robe bleue marine avec des têtes de morts, ou des poneys qui perdent un œil.

BUTTERCUP - C'est gore et cruel. Moi je préfère les motifs féeriques.

GOLDFISH - J'aime bien le velours, c'est

doux et ça tient chaud.

CINDERELLA - *elle touche la robe de Goldfish* C'est vrai que c'est doux le velours...

IRUKA - Tu sais que c'est pas du velours ?

CINDERELLA - C'est doux quand même.

GOLDFISH - Et vous mettez des bloomers ?

CINDERELLA - Ah non ! Je refuse de mettre un bloomer!

BUTTERCUP - C'est mignon pourtant.

IRUKA - Non c'est moche.

CINDERELLA - Non c'est mignon mais moi je préfère mettre des strings.

GOLDFISH - C'est quoi les règles de votre groupe ?

IRUKA - La règle c'est qu'il y a pas de règles.

GOLDFISH - *elle regarde Iruka intensément en étant très sérieuse* Vraiment ? On peut tout faire ?

CINDERELLA - Elle est tellement mignonne ! *Goldfish baisse la tête, avec colère, puis se force à sourire*

IRUKA - On t'a jamais dit qu'il fallait regarder avec ses yeux et pas avec ses mains ?

CINDERELLA - Je croyais qu'il n'y avais

pas de règles et qu'on pouvait tout faire. *Silence*

BUTTERCUP - Et si on faisait des dessins ?

CINDERELLA - Pourquoi des dessins ?

BUTTERCUP - Pour apprendre à se connaître, voir ce qui nous vient à l'esprit.

IRUKA - *à l'attention de Cinderella* J'ai pas envie de savoir ce qui lui vient à l'esprit...

CINDERELLA- Ça veut dire quoi, ça ?

GOLDFISH - Moi j'aime bien dessiner, ça me détend.

IRUKA - Bon, eh bien dessinons !

SCENE 10
IRUKA ; BUTTERCUP ; CINDERELLA ; GOLDFISH

Musique et noir. Lumière. Les filles ont fini de dessiner.

GOLDFISH - J'ai fini mon dessin.

BUTTERCUP - On peut le voir ? *Goldfish leur montre son dessin.*

CINDERELLA - Oh c'est trop kawaï ce petit personnage!

IRUKA - On dirait une fille très seule et très triste.

BUTTERCUP - Moi je trouve qu'on dirait plutôt une poupée.

GOLDFISH - C'est une fille qui se sent perdue et seule au milieu des gens.

BUTTERCUP - C'est toi qui avait raison Iruka.

GOLDFISH - Tu es celle qui comprend le mieux ce que je ressens, Iruka-sempai.

CINDERELLA - Et notre merveilleuse psychologue va nous montrer son dessin.

IRUKA - Hors de question tant que tu es là.

CINDERELLA - Je sais qu'au fond de toi tu m'aimes Iruka-chan. Mais tu n'oses pas te l'avouer. Rappelle-toi de notre pique-nique au bord du lac. Le soleil brillait sur tes longs cheveux couleur de corbeau. Le vent soulevait ta jupe alors que nous cherchions une place où poser notre nappe. Je t'ai offert un macaron à la violette et toi... tu m'as fait goûter une fraise de ton jardin. Elle était si sucrée... je sens encore son goût sur mes lèvres...

IRUKA - Arrête de nous inventer des souvenirs communs ! On est jamais allées ensemble au bord d'un lac.

CINDERELLA - Je te trouve un peu révisionniste. Mais soit, comme tu veux, tu finiras bien par t'en souvenir. En attendant, montre-nous ton dessin.

IRUKA - Non, je l'ai raté.

BUTTERCUP - Mais non, ne dis pas ça ! On veut le voir !

GOLDFISH - J'aimerais tant voir ton dessin. Je suis sûre que tu as une âme d'artiste.

IRUKA - Je l'ai pas terminé, il manque plein de choses.

GOLDFISH - Mais... je me suis dévoilée à toi, Iruka, tu ne peux pas refuser de me le montrer... mais si tu es gênée, tu peux me le montrer juste à moi. Je garderai notre secret.

IRUKA - Non, c'est bon, je vous le montre... *Elle montre son dessin.*

BUTTERCUP - C'est trop mignon ! Des filles qui mangent des fraises!

GOLDFISH - Mais... C'est le souvenir dont a parlé Cinderella. C'est vraiment arrivé...

IRUKA - Non, cette menteuse a regardé mon dessin et l'a utilisé pour inventer une histoire. Vous voyez bien que ça nous ressemble pas.

CINDERELLA - N'empêche qu'y en a une qui a des cheveux roux.

IRUKA - Qu'est ce que ça prouve ?

CINDERELLA - Si tu l'as pas vécu, c'est peut-être un de tes fantasmes.

GOLDFISH - *à part.* Il faut que je me teigne les cheveux en roux.

IRUKA - On peut voir le tien alors ?

CINDERELLA - *fière* Bien sûr ! *Elle montre son dessin, il est très détaillé et torturé.*

GOLDFISH - C'est pas mal mais...

IRUKA - C'est magnifique.

GOLDFISH - *déçue* C'est... c'est joli.

CINDERELLA - Merci! *A Goldfish* Tu vois, Iruka préfère mon dessin.

GOLDFISH - Pour cette fois. Mais j'ai pas dis mon dernier mot.

CINDERELLA - Tu crois que j'ai peur de toi, petite ?

IRUKA - Ça va, c'est qu'un dessin.

CINDERELLA- Tu as dit que tu l'avais trouvé comment mon dessin, Iruka ?

IRUKA - *exaspérée* J'ai dit qu'il était magnifique.

CINDERELLA - *elle prend Iruka dans ses bras, qui se débat.* Iruka-chan!

GOLDFISH - Prends garde à toi, ma colère peut être terrible.

Cinderella et Goldfish se regardent droit dans les yeux, avec défi.

BUTTERCUP - Et moi, personne ne veut voir mon dessin ?

Noir

SCENE 11

BUTTERCUP ; VOIX DE CINDERELLA

Au retour de la lumière, on entend un bruit de douche. Buttercup est seule en scène et range ses affaires. Elle regarde un instant son dessin.

BUTTERCUP – *Après un soupir* Cinderella n'a même pas jeté un seul regard sur mon dessin. Je dois vraiment être insignifiante. *Elle déchire le dessin* Tiens. On dirait qu'Iruka prend sa douche... c'est étrange, est-ce que tout le monde est parti ? Il faut que je me dépêche ! *On entend Cinderella chanter dans la pièce voisine* C'est Cinderella ! Elle se lave dans la douche d'Iruka... C'est très embarrassant. *On l'entend chanter plus fort et on voit la lumière plus grande comme si elle avait ouvert la* *porte* Qu'est-ce qu'elle fait ? Elle ne va pas sortir en serviette !

VOIX DE CINDERELLA – Iruka, tu sais où est ton shampooing body shop à la fraise ? Je ne le trouve pas. *Un temps* Iruka-chan ? *Un temps* Bon tant pis, je me laverai les cheveux demain matin. *Un temps, Buttercup continue de ranger son sac, fébrile* Iruka ? *Un temps* Iruka ? *Léger temps* Je n'ai pas de serviette. *Un temps, Buttercup rougit de plus en plus* Iruka, si tu ne me donnes pas une serviette, il va falloir que je vienne la chercher et il fait froid.

BUTTERCUP – Euh... n'entre pas, Cinderella! Je suis là !

VOIX DE CINDERELLA – Et alors ? Je ne vais tout de même pas sortir toute nue !

BUTTERCUP – Mais tu as dit que...

VOIX DE CINDERELLA – Bon, ce n'est pas grave, j'ai de la ressource... à tout de suite Buttercup-chan !

BUTTERCUP – Elle prend sa douche chez elle et elle lui demande des serviettes, elles doivent être vraiment très intimes... Pourtant quand elles sont ensemble, on dirait qu'elles ne se supportent pas. C'est peut-être ça, finalement, un couple...

SCENE 12

BUTTERCUP ; GOLDFISH

Goldfish arrive.

GOLDFISH – J'ai aidé Iruka-sempai à ranger sa chambre... elle m'a acceptée ! Je sais où elle range ses vêtements maintenant, je les ai presque tous vus...

BUTTERCUP – C'est super, Goldfish, comme ça tu ne risques pas de lui offrir quelque chose qu'elle a déjà !

GOLDFISH – Dis... est-ce que tu crois que elle et Cinderella sont intimes ?

BUTTERCUP – Euh, je ne sais pas... pas que je sache, depuis que je les connais elles ne m'ont pas parlé de ça...

GOLDFISH – Iruka-sempai revient... il faut que je puisse te demander des choses à ce sujet. Je pourrais venir chez toi ?

BUTTERCUP – Si tu veux, mais je ne sais pas si je pourrai t'apprendre grand chose...

GOLDFISH – Je veux me rapprocher de vous toutes, être votre amie, c'est important pour moi.

BUTTERCUP – Avec plaisir, Goldfish, moi aussi j'ai besoin de m'intégrer...

SCENE 13

IRUKA ; BUTTERCUP ;   GOLDFISH puis CINDERELLA / CINDERELLA ;

IRUKA – Où est Cinderella ?

GOLDFISH *à part* – Elle est encore en train de la chercher.

BUTTERCUP – Je crois qu'elle prenait sa douche.

IRUKA – Quoi ?

Entrée triomphale de Cinderella.

CINDERELLA – Tada ! *Elle veut sauter sur Goldfish mais Iruka la retient*

IRUKA – Arrête ça ! *Elle se rend compte que Cinderella a changé de vêtement* Tu portes un pyjama !

CINDERELLA – Tu en as mis du temps pour t'en apercevoir, ma petite Iruka !

GOLDFISH *regardant l'horloge électronique* – Oh. Je devrais rentrer. *Elle regarde son portable* Maman m'a appelée trois fois...

BUTTERCUP – Il est déjà si tard. Je me suis tellement sentie à la maison que je n'ai pas vu l'heure passer.

IRUKA – J'en suis heureuse. N'oublie pas ton sac en partant.

BUTTERCUP – J'aimerais revenir ici.

GOLDFISH – Moi aussi.

IRUKA – Sans problème.

CINDERELLA – Venez aussi souvent que vous voulez !

IRUKA – Euh... c'est ma maison.

CINDERELLA *taquine* – Oh, c'est vrai ?

GOLDFISH – Merci pour aujourd'hui, Iruka-chan. *Elle lui prend les mains et les embrasse* Et, à bientôt.

CINDERELLA – On a passé une super journée, n'est-ce pas ? *Elle ajoute ses mains*

BUTTERCUP – Oui, c'était vraiment une journée merveilleuse ! *Elle ajoute aussi ses mains*

IRUKA – Merci toutes les trois, merci. Je crois que c'était l'un des meilleurs jours de ma vie.

CINDERELLA – N'oublions pas que nous sommes...

TOUTES– Le club Lolita !

Musique de transition.

EPISODE 2
SCENE 1
IRUKA ; CINDERELLA

Cinderella est en train de jouer à la DS. Iruka entre.

IRUKA – Ça y est, elles sont reparties...

CINDERELLA – T'en es qu'à là ? Pourtant il est super facile ce boss. *Elle mange un peu de glace. Iruka lui envoie son manteau* Maiheuh...

IRUKA – Il n'y a personne chez toi ?

CINDERELLA – Si, il y a mes parents mais ils m'ont dit que je pouvais rester. De toute façon maintenant je suis majeure alors ce n'est qu'une formalité.

IRUKA – Et tu penses aller habiter toute seule ?

CINDERELLA – Hum... je ne sais pas. J'aime bien être ici.

IRUKA – Ah oui ?

CINDERELLA – Le seul problème, c'est qu'il

y a ta sœur. Elle est gentille, quand même. Je pense qu'elle t'aime beaucoup.

IRUKA – Oui... beaucoup.

CINDERELLA – Toi, tu l'aimes pas trop ? *Léger temps*

IRUKA - Tu veux que je fasse à dîner ?

CINDERELLA - Non, je n'ai plus faim.

IRUKA - C'est normal, tu as mangé des gâteaux et de la glace toute la journée.

CINDERELLA - Mais toi, tu as sûrement faim Iruka-chan. Tu n 'as rien mangé depuis ce midi.

IRUKA - *un temps* Non ça va.

CINDERELLA - Je vais te faire à manger Iruka-chan.

IRUKA - Quoi ?

CINDERELLA - Je vais te faire un super dîner !

IRUKA - Tu es sûre de toi là ?

CINDERELLA - *elle se lève d'un bond* Oui!!! *elle sort et va dans la cuisine.*

SCENE 2

IRUKA ; CINDERELLA; VOIX DE LA

SOEUR

On entend le bruit de quelqu'un qui fait à manger et Cinderella qui chante. Pendant ce temps, Iruka enlève ses chaussures, les range, puis sort son livre de magie et le lit. Puis on entend un bruit de verre qui casse.

IRUKA - Tout va bien ?

CINDERELLA - Ça va !

Iruka retourne à sa lecture. On entend doucement toquer à la porte.

VOIX DE LA SOEUR – Iruka ? Est-ce que Cinderella reste dormir ?

IRUKA – Oui.

VOIX DE LA SOEUR – Je peux te voir deux minutes ?

IRUKA – Non, désolée, je suis occupée.

VOIX DE LA SOEUR – Je vais aller me coucher, et je voudrais te dire bonne nuit.

IRUKA – Il y a Cinderella qui est là, je peux te dire bonne nuit d'ici.

VOIX DE LA SOEUR – Tu peux venir me voir dans ma chambre, je suis là, tu sais que tu peux venir quand tu veux.

IRUKA – Oui je sais.

VOIX DE LA SOEUR– Ne m'oublie pas, d'accord ?

IRUKA – D'accord.

Iruka relit une page de son livre et ferme les yeux, cherchant une certaine concentration. Cinderella entre.

CINDERELLA - Tu fais quoi ?

IRUKA - *elle cache le livre*. Rien.

CINDERELLA - *elle prend le livre.* C'est quoi ça ?

IRUKA - C'est personnel. Tu sais bien que je n'aime pas qu'on touche à mes affaires.

CINDERELLA - Un livre de magie ! Tu continues d'étudier la magie ? On peut en faire toutes les deux ? J'ai progressé moi aussi !

IRUKA - C'est pas un jeu, et puis je débute.

CINDERELLA - Oh s'il te plaît ! *Un temps.* S'il te plaît Iruka-chan.

IRUKA - Tu sais ce que c'est la magie au moins ? Tu sais à quoi ça sert ?

CINDERELLA – Ça sert à faire faire au gens tout ce qu'on a envie !

IRUKA – Tu n'as pas besoin de magie pour ça.

CINDERELLA – Aller, Iruka ! Le dîner ne

sera cuit que dans vingt minutes... s'il te plaît. *Grand sourire*

IRUKA – Bon ok. Donne-moi tes mains, on va essayer d'unir nos énergies.

CINDERELLA: *avec un petit regard en coin* On va unir nos énergies, Iruka ?

IRUKA – Finalement non, concentrons-nous l'une après l'autre.

CINDERELLA – Oh... c'est moins drôle. *Elle se concentre tant qu'elle peut. Iruka l'observe, elle force mais n'obtient rien* Je n'y arrive pas... c'est trop dur, j'arrête.

IRUKA - Mais tu as pensé à quoi ?

CINDERELLA – Ah, il fallait penser à quelque chose ? *Iruka soupire* Une fois j'ai réussi à ce que tout le monde me sourie pendant toute une journée. Mais j'avais pensé à rien, je m'étais juste plongée dans un bain avec des parfums et de l'encens et j'avais récité un poème sur la mer et j'ai fait le souhait que tout le monde soit heureux en me regardant. Et ils m'ont tous souri. Tu te souviens quand on prenait nos bains toutes les deux, Iruka ?

IRUKA – On était petites.

CINDERELLA – A ce moment tu n'avais pas peur de me faire des câlins, tu le faisais tout le temps. C'était même moi qui te poussait pour que tu arrêtes. Tu es devenue trop mature. Tu penses trop à mal, peut-être. Tu penses à quoi quand tu prends quelqu'un dans tes bras, Iruka?

IRUKA – J'ai peur quand on me touche.

CINDERELLA – Pourquoi ?

IRUKA – J'aime pas.

CINDERELLA – Et ta sœur, elle te prend dans ses bras ? *Iruka ne répond pas* Ma sœur, elle me dit tout le temps que je suis trop gâtée mais elle m'offre plein de cadeaux. Je crois qu'elle s'en veut de me faire des reproches et du coup elle compense. Elle n'ose pas s'avouer qu'elle m'adore. Des fois, on reste ensemble pendant une heure et il n'y a que moi qui parle. Elle aime bien m'écouter. Elle est un peu comme toi, Iruka, sauf que toi, tu souries moins souvent, mais tu es plus belle.

IRUKA – Tu me trouves belle, toi ?

CINDERELLA – Oui ! On est toutes belles chez les lolitas, ça existe pas une lolita moche, ou alors c'est pas une lolita, c'est une fille déguisée en lolita. Et mal déguisée. Avec de la dentelle moche et une robe à deux sous. Une cosplayeuse en fait. *Un temps* Alors, tu m'as pas dit ?

IRUKA – Quoi ?

CINDERELLA – Si elle te prenait dans ses bras, ta sœur.

IRUKA – Qu'est-ce que tu as avec ma sœur ?

 CINDERELLA – Rien, je te pose juste une question. Vous êtes fâchées ?

IRUKA – Non, c'est pas ça... disons que je me sens mieux quand je la vois pas.

CINDERELLA – Qu'est-ce qu'elle a fait ? *Silence* Elle te fait du mal ? Elle a pas le droit de faire ça. Iruka a commencé à se concentrer et a fermé les yeux Iruka ?* Qu'est-ce que tu fais ? *Elle approche ses mains et tremble, il semble s'émaner une énergie incroyable des mains d'Iruka, tout d'un coup, Iruka attrape les mains de Cinderella et les serre. La lumière de l'ampoule se met à vaciller de plus en plus fort, puis l'ampoule explose.*

CINDERELLA – Tu es là, Iruka ?

IRUKA - *elle allume son portable* Tu vas bien ? J'ai jamais réussi à faire quelque chose d'aussi puissant. C'était incroyable !

CINDERELLA – N'empêche que maintenant on voit plus rien.

IRUKA – Je vais brancher la lampe... Où est la prise...?

CINDERELLA – Où es-tu Iruka ? C'est quoi,

ça ?

IRUKA – C'est mon pied.

CINDERELLA – Oh... et tu es chatouilleuse Iruka ?

IRUKA – Je t'interdis de... arrête tout de suite, on va se faire mal...

CINDERELLA – Ouïe ! Tu m'as mis un coup dans l'œil !

IRUKA – Qu'est-ce que je disais ? Mais qu'est-ce que... Cinderella...ça, ce sont mes fesses. Tu vas donc arrêter tout de suite.

CINDERELLA – Mais j'avais rien pour frotter mon œil ! Il pleure tout seul. Je pleure que d'un seul œil.

IRUKA – C'est bon j'ai le cordon... oui, impeccable... ah ce rideau me gonfle... *Elle branche la prise*

CINDERELLA – Que la lumière soit ! *Elle allume, Iruka est allongée à quatre pattes au fond de la scène, la robe légèrement relevée* Oh...

IRUKA – Espèce de perverse, tu as fait ça pour regarder !

CINDERELLA – Mais non ! Je te promets que cette fois c'est un hasard.

IRUKA – Comment ça, cette fois ?

SCENE 3

IRUKA ; CINDERELLA;

Lumière, elles jouent au tennis sur la Wii. Cinderella semble bien se débrouiller et s'amuse. Iruka a un peu plus de mal et grogne.

CINDERELLA - Service Cinderellaaaaaaa ! Go ! *Elle envoie, échanges de balles*

IRUKA - C'est pas juste, mon revers est tout pourri.

CINDERELLA - Youpi! J'ai encore gagné ! J'adore le tennis.

IRUKA - Si tu l'aimes c'est parce que tu gagnes.

CINDERELLA - Non c'est juste que c'est le seul jeu auquel j'y arrive à peu près. Bon on joue à quoi maintenant ? Tu crois qu'il y a de la natation ?

IRUKA - Non, y en a pas. Tu as pas envie qu'on arrête ?

CINDERELLA - *qui n'écoute pas ce que lui a dit Iruka* Tu crois que ça existe les maillots de bain lolita ? Ça doit être trop trop mignon!

IRUKA - Non ça n'existe pas et de toute façon je ne mets pas de maillot de bain. *Cinderella la regarde d'un air surpris.* Il y a de la boxe si tu veux.

CINDERELLA - Oh oui, je vais te puncher comme une baudruche !

Iruka boxe de toutes ses forces, Cinderella fait ce qu'elle peut. Iruka lance un gros coup à son adversaire.

CINDERELLA - Mais aïe! Tu es vraiment un gros bourrin. *Elle met un gros coup.*

IRUKA - Ouch! Tu vois que tu es violente, toi aussi !

CINDERELLA - Non, moi je suis naturellement douce elle remet un coup.

IRUKA - Ah oui ? Tiens prend ça ! *Elle lance un dernier coup.* Tu n'as pas duré longtemps...

CINDERELLA - Maiheuh !Y a pas autre chose que de la violence ? Et si on jouait au golf ?

IRUKA - Après vous, honneur aux dames.

CINDERELLA - Merci. *Elle se met en position pour jouer et donne un coup qui la fait partir loin près du bord de scène.*

IRUKA - Attention. *Elle l'attrape par le pan du pyjama*

CINDERELLA - Oh merci Iruka-chan. *Iruka est un peu gênée, sous le regard de son amie*

IRUKA - Il y aurait pas comme une odeur de brûlé ?

CINDERELLA - *se précipite dans la cuisine avec les wiimote.* Le dîner!

SCENE 4

IRUKA ; CINDERELLA; VOIX DE LA SOEUR

IRUKA – Je vais me mettre en pyjama, j'arrive.

CINDERELLA – Tu sais, tu peux te changer ici, ça me dérange pas. *Iruka ouvre la bouche pour parler mais finalement se rétracte et sort. Cinderella vérifie qu'elle est bien partie et se jette sur le grimoire magique.* Nunquam...demonis...draconis... infernum... ils ont pas cupcakum à voluntum ?

VOIX DE LA SOEUR – Iruka, tu es là ? Je n'arrive pas à dormir. J'ai vraiment besoin que tu viennes. Iruka! *Cinderella se met dans les couvertures, un peu effrayée* Iruka, viens, s'il te plaît. *Elle panique de plus en plus et éteint la lumière. Silence de plusieurs secondes. On entend un bruit de porte qui s'ouvre et une ombre entre dans la pièce. L'ombre s'approche du lit, Cinderella s'est cachée sous la* *couverture. L'ombre s'assoit. Cinderella crie et veut allumer la lumière, elle se fait attraper le poignet*

IRUKA – Ça va pas de hurler comme ça ? Tu vas réveiller ma sœur.

CINDERELLA – S'il vous plaît, lâchez-moi. *Iruka la lâche et allume la lumière* Ah merci. Ah ! *Nouveau cri, Iruka lui met la main sur la bouche*

IRUKA – Si tu cries encore une fois, ça va mal aller. C'est clair ? *Cinderella fait oui de la tête et Iruka se couche à côté d'elle et éteint la lumière. Cinderella tremble encore un peu et il se passe un certain temps. Iruka est en position fœtale à la droite du lit, Cinderella est allongée sur le dos, les yeux grands ouverts.* Je suis désolée si elle t'a fait peur. Elle est très... affectueuse.

CINDERELLA- Tu comptes la protéger encore longtemps ?

IRUKA – La protéger de quoi ? Elle a juste besoin de moi c'est tout.

CINDERELLA – Elle vient souvent te faire peur dans ton lit comme ça la nuit ?

IRUKA- Elle est pas rentrée dans la chambre, l'accuse pas de trucs que tu sais pas .

CINDERELLA – J'accuse pas mais je trouve

ça bizarre.

IRUKA – C'est toi qui est bizarre. Dors maintenant.

CINDERELLA – Si tu crois que je vais pouvoir dormir ?

IRUKA – Alors rentre chez toi.

CINDERELLA – J'ai peur, tu peux pas me laisser sortir dans le noir.

IRUKA – Alors arrête de te plaindre.

CINDERELLA – Je me plains pas. *Elle se met à pleurer.*

IRUKA – Pleurer ça sert à rien tu sais ? *Cinderella tente d'étouffer ses sanglots. Et petit à petit tout redevient silencieux. Alors, Iruka s'approche doucement de son amie et l'enserre dans ses bras. Cinderella sursaute un peu, Iruka va se retirer mais elle pose sa main sur la sienne pour lui demander de rester, sa respiration se fait lente et profonde et elles s'endorment.*

SCÈNE 5

BUTTERCUP ; GOLDFISH puis CINDERELLA et IRUKA

Buttercup est dans sa chambre, avec Goldfish. Elles sont en train de faire leurs devoirs.

BUTTERCUP - Oh c'est trop dur! Je n'y arrive pas.

GOLDFISH - *elle pousse son cahier vers Buttercup* Tiens, tu peux copier sur moi si tu veux.

BUTTERCUP -Oh merci Goldfish, c'est très gentil de ta part. Je suis vraiment nulle en maths. *Elle recopie*

GOLDFISH - Dis, tu les connais depuis longtemps Iruka et Cinderella ?

BUTTERCUP - Oui, depuis la maternelle. On a toujours été dans la même classe.

GOLDFISH - Vous étiez toutes les trois très amies?

BUTTERCUP - On est des super copines. On jouait à la corde à sauter, à la poupée. Quand elles venaient chez moi, on faisait toujours de la balançoire. Et il fallait toujours que l'on pousse Cinderella parce qu'elle ne savait pas faire de balançoire toute seule.

GOLDFISH - C'est bien son genre.

BUTTERCUP - Le problème c'est que comme on étaient trois, si moi j'étais pas d'accord pour faire un jeu, face aux deux autres ma décision ne comptait pas puisque j'étais en minorité.

GOLDFISH - Elles étaient vraiment très proches ?

BUTTERCUP - Oui très proches. Elles allaient souvent dormir chez l'une ou chez l'autre. Moi je n'avais pas le droit. Du coup elles se disaient des secrets que je ne connaissais pas.

GOLDFISH - Elles dormaient dans le même lit tu crois ?

BUTTERCUP - Oui ça arrivait parce que Cinderella avait peur du noir.

GOLDFISH - Elle disait ça pour se rendre intéressante.

BUTTERCUP - J'ai l'impression que tu ne l'aimes pas beaucoup...

GOLDFISH - Elle dit toujours que je suis petite et mignonne. Ça m'énerve. Je ne suis pas un bébé. J'ai le même âge que vous.

BUTTERCUP - Mais tout ce qui est petit est mignon.

GOLDFISH - *elle lui lance un regard noir.* Non, pas moi.

BUTTERCUP - Désolée.

GOLDFISH - Mais elle a raison, personne ne

me prend au sérieux. Même quand je voudrais dire à quelqu'un que je l'aime.

BUTTERCUP - Oh Goldfish, tu es amoureuse ?

GOLDFISH - Tu ne le diras à personne, n'est ce pas ?

BUTTERCUP - Je te le promets.

GOLDFISH - Je n'ai pas encore osé lui dire, j'ai peur d'être repoussée.

BUTTERCUP - Je comprends ce que tu ressens.

GOLDFISH - Tu sais que je n'ai jamais embrassé quelqu'un...

BUTTERCUP - Ah oui ? En fait... moi non plus.

GOLDFISH - On devrait peut-être s'entraîner.

BUTTERCUP - S'entraîner à s'embrasser ?

GOLDFISH - Exactement ! Commençons ! Je vais t'embrasser et tu me diras si c'est bien.

BUTTERCUP - Mais non, je ne veux pas que tu m'embrasses.

GOLDFISH - On a toutes les deux besoin de pratique. *Elle se penche vers Buttercup, qui recule à mesure qu'elle approche.*

BUTTERCUP - Mais... mais qu'est ce que tu

fais ? *Elle se lève.*

GOLDFISH - Embrasse-moi, Buttercup. Il faut que je sois prête pour embrasser Iruka-sempai. Je suis sûre que c'est très agréable. Tu ferais n'importe quoi pour moi, n'est-ce pas ? *Elle se lève et entame une poursuite avec Buttercup*

BUTTERCUP - Mais on est pas amoureuses !

GOLDFISH - Ça n'engage à rien ! On mettra pas de sentiments !

BUTTERCUP - Non, c'est mon premier baiser !

GOLDFISH - Tu en fais tout un plat. C'est vraiment pas grand chose.

BUTTERCUP - Mais si !

GOLDFISH - Tu as quelqu'un dans ta vie ?

BUTTERCUP - Euh...non

GOLDFISH - Alors tu vois, tu ne seras pas infidèle. Embrasse-moi Buttercup-san

Goldfish court après Buttercup, rebondissements. Goldfish attrape le bras de Buttercup mais celle ci trébuche sur le lit et elles tombent toutes les deux, Buttercup est un peu sonnée et Goldfish en profite pour l'immobiliser.

GOLDFISH - J'ai gagné. *elle l'embrasse et Buttercup s'évanouit, entre le plaisir et le trauma*

Entrent Iruka et Cinderella

CINDERELLA - Les filles ! On vient vous aider à faire vos devoirs !

Iruka et Cinderella constatent la position dans laquelle se trouvent les deux filles

IRUKA - Désolée, on vous dérange peut-être...

CINDERELLA - Oh mais vous êtes ensemble ! C'est trop mignon !

IRUKA - Vous avez bien caché votre jeu.

GOLDFISH - Iruka, je te jure que ce n'est pas ce que tu crois.

CINDERELLA - Félicitations Buttercup, tu as été plus rapide que moi.

GOLDFISH - *elle bredouille* Non, mais c'est que.. En fait...C'est pas vraiment...

IRUKA - On va vous laisser entre vous. Tu viens Cinderella ? *Elles sortent*

CINDERELLA - Bisous les amoureuses !

GOLDFISH - Oh non... Iruka-sempai ! *Un sourire étrange se dessine sur le visage de Buttercup*

SCENE 6

CINDERELLA puis IRUKA ; GOLDFISH : BUTTERCUP

Cinderella tient un manga. Elle s'étire et bâille à s'en décrocher la mâchoire.

CINDERELLA - Je suis toujours la première arrivée... Iruka-chan est encore en train de réciter des formules dans le salon. *On entend des petits coups timides frappés à la porte.* Entrez !

BUTTERCUP - Bonjour Cinderella... je voulais te dire... tu sais, à propos de l'autre jour... ça fait déjà quelques temps mais...enfin... je ne suis pas...

Iruka entre.

CINDERELLA - Tu entres sans frapper, Iruka-chan ?

IRUKA - Dans ma propre chambre ?

CINDERELLA - Et alors ? J'aurais pu être en train de faire quelque chose d'indécent.

IRUKA - On ne fait pas de choses indécentes dans ma chambre. *Elle regarde aussi Buttercup*

BUTTERCUP- Mais... ne me regarde pas comme ça, Iruka-san !

CINDERELLA - Oui, Buttercup me disait juste... que disais-tu déjà ?

BUTTERCUP - Euh rien du tout, rien d'important ! Je ne sais plus moi-même. *rire nerveux*

Goldfish entre.

GOLDFISH - Bonjour. Iruka-sempai, je voulais te dire que... Buttercup et moi...nous ne sommes pas ensemble, nous ne l'avons jamais été et nous n'avons pas l'intention de l'être.

IRUKA - Ok Goldfish, tu fais ce que tu veux. C'est ta vie après tout.

CINDERELLA - Oh vous êtes pas ensemble ? Ça veut dire que tu es libre Goldfish ? *Elle va la lutiner*

GOLDFISH - Oui, je suis libre.*Elle regarde Iruka qui ne s'occupe pas d'elle*

CINDERELLA - Si tu étais un gâteau, je t'aurais déjà mangée depuis longtemps... *Elle l'attrape et la serre*

IRUKA – Ça suffit les câlins maintenant.

CINDERELLA – C'est sûr que ce n'est pas avec toi qu'il faut les attendre. Goldfish est mignonne, elle. Elle ne passe pas toute l'après-midi à réciter des formules latines comme un curé.

BUTTERCUP - C'est quoi le programme du jour ?

CINDERELLA - Je vais vous apprendre à être de vraies lolitas comme il faut ! Je vais vous apprendre les bonnes manières.

BUTTERCUP - *elle applaudit.* Oui! Quelle bonne idée Cinderella-san !

CINDERELLA - Je sais, merci. Bon alors, Buttercup, il faudrait que tu te tiennes plus droite comme ça *elle lui apprend à se placer en lui touchant le dos et les épaules. Buttercup est gênée.* C'est mieux. Lève la tête elle lui soulève le menton. *Buttercup a un rire nerveux.* Hum... Oui, c'est mieux. Maintenant marche *elle marche vers le fond de la scène* Excellent, tu vas pouvoir aller faire le thé maintenant que tu es à côté de la cuisine.

BUTTERCUP - Oh, oui. Tout de suite Cinderella-san. *Elle sort.*

CINDERELLA - Je m'occupe de la petite Goldfish maintenant. Montre-moi comment tu fais la révérence. *Goldfish s'exécute.* Oh c'est trop mignon ta façon de tenir ta robe ! Mais ça serait encore mieux si tu pliais bien les genoux quand tu salues *Goldfish s'exécute avec moins* *d'enthousiasme.* Oh, on dirait une petite poupée mécanique. Tiens, maintenant imagine que tu bois du thé, montre-moi comment tu fais. *Goldfish qui en a visiblement marre s'exécute.* Tu es trop trop jolie quand tu fais ça! *Elle la prend dans ses bras.* Allez Iruka à toi maintenant.

IRUKA - Je ne suis pas une poupée mécanique.

CINDERELLA - Allez, tu vas voir c'est amusant.

IRUKA - Et bien moi ça ne me m'amuse pas.

CINDERELLA - D'accord, qu'est ce qui t'amuse alors ?

IRUKA - La magie.

CINDERELLA - Encore ta magie! Tu ne penses qu'à ça. Moi je veux pas en faire, c'est trop dangereux.

GOLDFISH - Elle a raison, Iruka-sempai. Je n'ai pas envie qu'il t'arrive du mal.

IRUKA - Tu es de son côté alors ?

GOLDFISH - Oh non, Iruka. Je trouve que tu as de bonnes idées.

CINDERELLA - Je croyais que c'était moi qui avait raison, il faut savoir.

Buttercup entre avec le thé sur un plateau, tout

sourire. Son enthousiasme disparaît quand elle s'aperçoit de la tension qui règne.

BUTTERCUP- J'ai raté quelque chose ?

CINDERELLA - Iruka ne veut pas apprendre les bonnes manières et préfère jouer à la sorcière. Heureusement Goldfish est de mon côté.

IRUKA - Il est hors de question que je continue à jouer à la poupée lolita de madame Cinderella

CINDERELLA - C'est bête parce que Buttercup aime bien elle. Et Goldfish aussi.

IRUKA – Tu parles pour elles maintenant ? Qu'est-ce que tu en sais de ce qu'elles aiment ? Est-ce que ça t'intéresse seulement ?

CINDERELLA – On était censées faire un club ensemble je crois ?

IRUKA – Oui, ensemble, le club lolita, ensemble ! Pas le fan-club de Cinderella-sama !

CINDERELLA – Oh, Iruka se rebelle, la magicienne a mal digéré sa potion.

BUTTERCUP – Et si on faisait des gâteaux pour aller avec le thé ?

IRUKA – C'est toi que je digère pas. J'en ai marre de t'entendre te plaindre, de n'entendre parler que de toi et des choses que tu voudrais manger. Le monde ne tourne pas autour de toi. Il tournerait pareil si t'était pas là. Ça changerait pas la vie à beaucoup de gens. Personne ne pense à toi quand tu es seule et que tu vas mal, parce que tu traites les gens comme des choses ! Tes poneys, tes peluches, tes poupées, voilà ce qu'on est pour toi ! Tu te permet de nous habiller, de nous faire boire ton thé, de nous toucher ! Tu passes ton temps à tripoter Goldfish! Tu t'imagines qu'elle te désires peut-être ? Qu'elle crève d'envie de t'embrasser, c'est ça ? Tu te crois irrésistible, c'est ça ? Elle t'apprécie pas autant que tu le crois, tu te fais des idées. Tu t'es créé un monde pour être la reine mais réveille-toi, t'en es pas une, loin de là. T'es juste une lycéenne comme des millions d'autres. Un jour tu découvriras le monde réel et là, ça va faire mal. Tu vas tomber de ton piédestal et t'affaler sur le sol bien lourdement. Et j'espère être là pour voir ça. Je ne t'aiderai pas à te relever. Pour une fois, c'est moi qui vais te regarder de haut, et je vais bien rire.

CINDERELLA – J'ai compris... Tu es jalouse en fait! Je me suis jamais rendue compte que c'était à ce point. Tu es jalouse de moi depuis le début. Tout ça parce que je suis plus populaire que toi. C'est vraiment triste.

IRUKA – Ça t'arrive de ne pas rapporter les choses à toi ?

CINDERELLA – La jalousie est un vilain défaut...

IRUKA – Arrête maintenant.

CINDERELLA – J'ai un charisme plus développé que le tien, qu'est ce que j'y peux ?

IRUKA – N'importe quoi...

CINDERELLA – Tu me crois pas ? Regarde comment les filles m'aiment. Hein les filles que vous m'aimez ?

BUTTERCUP – Vous voulez pas qu'on boive le thé ? Il va refroidir.

IRUKA – Nous ne voulons pas être tes poupées, Cinderella

CINDERELLA - J'ai pas l'impression que ça te gêne tant que ça d'être une poupée.

IRUKA – Fais gaffe à ce que tu vas dire.

CINDERELLA – Sinon quoi ? Tu vas me jeter un mauvais sort ?

IRUKA – Pourquoi ça me gênerait pas d'être une poupée ?

CINDERELLA – Attention, je vais me transformer en chauve-souris ! *Elle sautille*

IRUKA – Pourquoi ça me gênerait pas d'être

une poupée ?

CINDERELLA – Oh je me meurs, j'ai mangé le cupcake empoisonné de la sorcière...

IRUKA – Pourquoi ça me gênerait pas d'être une poupée ?

CINDERELLA – Mon dieu, le dragon commence à cracher du feu... vite il me faut l'antidote... faites vite !

IRUKA – *elle hurle* Pourquoi ça ne me gênerait pas d'être une poupée ?

CINDERELLA – J'sais pas. Pour jouer avec ta grande sœur. *Iruka s'arrête, elle respire difficilement. Il s'écoule un temps assez long. Buttercup verse une tasse de thé à Iruka et lui apporte avec délicatesse.*

BUTTERCUP – Tiens, Iruka. C'est du thé rouge. Ça fait du bien. *Iruka l'ignore, Buttercup pose la tasse à côté d'elle. Goldfish s'approche*

GOLDFISH –Iruka-sempai... Qu'est-ce qui se passe avec ta sœur ?

IRUKA – Fous-moi le camp.

GOLDFISH : *très émue* Mais...

IRUKA – Dégage, je veux plus te voir ici. T'as jamais été de notre groupe.

BUTTERCUP – Tu ne peux pas dire ça,

Iruka, Goldfish était là le jour de la création du club lolita et...

IRUKA – Je ne veux pas fréquenter une fille qui se laisse tripoter.

GOLDFISH – Pardon, je ne le ferai plus, je la repousserai la prochaine fois...

CINDERELLA – Mais tu te rends compte de ce que tu dis ! Je ne la tripote pas ! Je l'ai prise dans mes bras, c'est tout ! On est amies, non ? On peut ! Et quand bien même c'est pas sa faute !

IRUKA – Si c'est de sa faute. Si elle dit rien, c'est qu'elle est consentante. C'est que c'est une petite poupée de chiffon. Sors de chez moi, Goldfish. *Goldfish se met à pleurer* Casse-toi ! *Entre deux sanglots, Goldfish prend son sac*

CINDERELLA – Attends, Goldfish, ça va s'arranger, ça lui arrive d'être comme ça, ne t'inquiète pas. On va y aller toutes ensemble et... *Goldfish sort*

BUTTERCUP – Elle est partie. *Elle range le thé*

CINDERELLA – Il faut toujours que tu en fasses trop, Iruka. Pour les gens qui te connaissent pas, c'est franchement traumatisant. Arrête avec ces bouquins, tu veux bien ? Ça te fait du mal, ça fait du mal à tout le monde. Même moi je pensais pas parler comme ça, j'aime pas m'entendre comme ça. Quand tu me dis ces choses je sais bien que ce n'est pas toi qui parle, j'ai eu tort de me fâcher comme ça. Je suis désolée. Et puis tu as raison, parfois je suis vraiment insupportable.

IRUKA – Tu supportes tout ce que je t'ai dit, comme ça, ça te fait rien ?

CINDERELLA – Si ! Si ! Ça me fait quelque chose. Mais je suis sûre que tu souffres plus que moi.

IRUKA – Tu crois ?

CINDERELLA – Je pense qu'il faut que tu arrêtes de vivre avec ta sœur. Viens chez moi, on s'occupera de toi. Si jamais elle vient se plaindre...

IRUKA – Je vais régler le problème. C'est ma faute, j'ai pas su mettre les limites. Mais tout va bien aller maintenant. Ce soir, ça sera réglé. Elle ne m'a jamais fait de mal. Je n'ai pas à partir. Je dois juste être claire avec elle. Que tout soit clair. Quand ça sera clair, ça ira bien.

CINDERELLA – Et tu vas t'excuser auprès de Goldfish ?

IRUKA – Je vais lui envoyer un message.

BUTTERCUP – C'est gentil de ta part, Iruka-san. Je suis sûre qu'elle va te pardonner.

CINDERELLA – Je vais y aller, te laisser t'occuper de ce que tu as à faire. Tu peux m'appeler quand tu veux. *Elle se met face à elle, et plus intimement* Je pense qu'il faut faire sortir ce genre de choses, on a eu raison de crier toutes les deux. Ça nous a fait du bien au fond. Ça fait du bien de laisser sortir les choses... pas vrai ? Je t'aime ma petite Iruka. On sera toujours amies comme maintenant. Ça va, Buttercup-chan ?

BUTTERCUP - *à travers ses larmes* Oui, ça va, je vais partir en même temps que toi,

CINDERELLA - *met son sac et son manteau , à Iruka* Prends soin de toi. Et appelle-moi si tu as le moindre souci, même un tout petit. *Iruka acquiesce* Bisous et n'oublie pas la petite Goldfish !

BUTTERCUP – Au revoir, Iruka-san ! *Elles sortent. Musique*

EPISODE 3
SCENE 1

Côté Jardin : **IRUKA** Chez **IRUKA**, 22H30
Côté Cour : **GOLDFISH** Sur la route, près d'une forêt. 22H30

Iruka est en train de finir un texto. De l'autre côté de la scène, Goldfish entre, doucement, vidée, pleine d'une douleur lancinante. Elle va s'asseoir et se tient immobile. Ses bras entourant son corps.

GOLDFISH - *elle se tient immobile, ses bras entourant son corps.* Je voulais juste que l'on s'entende bien. *Un temps*

VOIX DE LA SOEUR– Iruka... tes amies ne restent pas dormir ?

IRUKA – Non... je vais venir te rejoindre, grande sœur.

VOIX DE LA SOEUR – C'est vrai...? tu peux ce soir ?

IRUKA – Je suis tout à fait disponible. Je termine juste mon texto. Je suis désolée de ne pas avoir été très présente ces derniers temps.

VOIX DE LA SOEUR – Ce n'est pas grave, ma petite sœur. Ce qui compte c'est que tu sois là.

IRUKA – Je serai là dans deux minutes. *Elle écrit le message. Un temps.*

GOLDFISH - Si elle ne veut plus de moi, je ne sers vraiment à rien. Elle a qu'à utiliser sa magie pour me faire disparaître. De toute façon, ce qu'elle veut c'est me voir morte, tout le monde veut me voir morte. *Un temps*

L'enfer n'est pas pire que ce monde. *Elle enlève ses bracelets et les pose à terre ainsi que son portable, écran contre le sol. Silence. Iruka envoie son message. Le portable de Goldfish vibre. Elle ne le regarde pas.*

GOLDFISH - Je sais bien que tu veux que je rentre, maman... ça ne sert à rien. Je ne reviendrai pas. Je ne rentrerai plus jamais.

Iruka envoie son téléphone dans un carton qu'elle ferme. Elle place le grimoire dans son sac ainsi qu'un petit tas de vêtements et pose le tout près de la porte. Elle respire, a un temps d'hésitation. Puis, chargée d'énergie, elle sort.

GOLDFISH – Je voulais juste qu'elle m'aime autant que je l'aime. J'ai bien vu que ça la faisait rire. J'ai l'impression qu'une main a attrapé mes intestins et que... qu'elle les a enroulés autour de mon cou jusqu'à... *Elle a des nausées. Un temps. Des sanglots arrivent.*

VOIX DE LA SOEUR– Tu m'as tellement manquée, ma petite Iruka... tu as l'air si tendue... respire, je t'en prie. Viens près de moi. Tu m'as tellement manquée...

GOLDFISH – J'ai pas demandé à être tripotée comme ça. Je l'ai pas provoqué. Pourquoi ça serait de ma faute ? Je me sens sale.

VOIX DE LA SOEUR - Qu'est-ce que... tu es

brûlante. Ça fait mal... tu es malade, Iruka ? Non, attends, ne me serre pas contre toi, ça brûle...

GOLDFISH - *Elle a un mouvement de recul, comme si elle essayait d'éviter quelque chose.* Non, non, laissez-moi! *Deuxième mouvement de recul.* Vous approchez-pas! Je veux pas qu'on me touche. J'ai peur quand on me touche. Arrêtez! *Elle s'accroupit, les bras protégeant sa tête.* Je veux pas qu'on me tripote. C'est mon corps, je refuse. Je sais me défendre! Je peux crier très fort.

VOIX DE LA SOEUR - Je ne peux pas, attends un peu... j'ai besoin de respirer... qu'est-ce que...arrête s'il te plaît. Non, je t'en prie... je t'en prie! S'il te plaît! Iruka ! Iruka ! *Silence.*

GOLDFISH - *Elle s'assoit.* Je veux qu'on me laisse tranquille. Laissez-moi m'allonger et fermer les yeux, pour toujours. *elle s'allonge.*

Entre Iruka. La respiration lente et profonde. Elle avance doucement, prend son sac, puis va jusqu'à la lampe. En passant sa main en dessous, elle a un arrêt. On aperçoit sur sa main une petite trace de sang. Elle éteint la lampe.

GOLDFISH - Arrêtez, je vous en supplie ! Iruka pardonne-moi, ne les laisse pas me toucher, je ferai tout pour toi, ne me rejette pas! *Le téléphone vibre* Je ne rentrerai pas, maman, laisse tomber, plutôt crever toute seule ici, je ne reviendrai pas ! *Elle prend son téléphone, elle regarde. Elle a un choc. Un temps.* Merci... Merci... *Elle appelle. Ça sonne du côté d'Iruka. Cette dernière ne décroche pas* Elle ne décroche pas... S'il te plaît, réponds. *Elle essaie à nouveau. Lumière sur Iruka*

IRUKA – Oui ?

GOLDFISH – Tu es là ? Tu es toujours chez toi ?

IRUKA – Je vais partir.

GOLDFISH – Où ça ? Je peux te rejoindre quelque part ?

IRUKA – Non, reste chez toi, c'est bon. Je ne peux pas rester ici, et je ne peux pas être accompagnée.

GOLDFISH – Je ne suis pas rentrée chez moi, il faut que je te voie. Je te jure que je ne rentrerai pas chez moi avant de t'avoir vue.

IRUKA – C'est ridicule, reste couchée. Je suis désolée, vraiment. Je ne pensais pas ce que j'ai dit. Mais je ne peux voir personne pour l'instant.

GOLDFISH – Je suis dans la forêt, et j'y resterai tant que je ne t'aurais pas vue.

IRUKA – Tu ne me trouveras pas chez moi. Rentre.

GOLDFISH – Je sais où tu es Iruka. Je le sais. Je le sens. Je te retrouverai. Où que tu sois, je te retrouverai.

IRUKA – Alors à bientôt.

Elle raccroche, prend son sac, regarde le grimoire, hésite un moment puis le prend. Elle s'arrête un moment, isolée dans la lumière, Goldfish la regarde. Elle sort

SCENE 2

BUTTERCUP A la gare, sur un banc d'attente.

Bruit de train, on voit Buttercup qui arrive en courant et qui s'arrête, essoufflée.

BUTTERCUP – Oh non ! Mon train est parti ! *Elle soupire* Et Cinderella qui m'attend à la piscine... *elle s'assoit, elle est à contre-jour* Il fait tellement chaud...humide aussi. J'étais impatiente de nager avec tout le monde. *elle semble épuisée* Voyons... *elle se lève* le prochain train est à... *elle va regarder le panneau et sursaute* Dans beaucoup trop longtemps... *Elle retourne s'asseoir* J'imagine qu'il n'y a plus qu'à attendre. Qu'est-ce que je vais faire pour passer le temps ? *Elle reçoit un message, le téléphone vibre* Ah c'est Cinderella! « Viens, je m'apprête à plonger ! » Elle a l'air de s'amuser. Si seulement le vent n'avait pas fait s'envoler mon billet de train, je n'aurais pas pris du retard à le rattraper... et je serai dans l'eau à l'heure qu'il est. Le vent est parfois si méchant. En tout cas, je ferai bien de répondre. *Elle se prend en photo en faisant une pose kawaii. Elle regarde la photo* Hum. Ça pourrait être mieux. *(Nouvelle photo, nouvelle pose. Elle est à nouveau déçue. Troisième tentative)* Plutôt comme ça ! *Elle regarde.* Oui, celle-ci a l'air bien ! Heu...*elle tape un message* « J'arriverai un peu plus tard. » *Un temps.*

Elle se lève J'ai tellement soif. *Elle va au distributeur de boissons au fond* Je vais prendre... Je suis trop jeune pour du Demon coffee. Je vais juste prendre un Orange Fantasy. *Elle prend la cannette et voit du Demon coffee* Quoi ? Quel idiot celui qui a rempli ça ! C'était pas au bon endroit ! Je fais quoi maintenant ? Je suppose que je peux le donner à Iruka-chan. Elle a de la chance. Elle est tellement mature qu'elle peut supporter la caféine. Un de ces jours peut-être que... *Elle sourit puis prend une autre cannette et cette fois c'est la bonne. Elle va s'asseoir avec sa cannette et l'ouvre puis boit trois bonnes*

gorgées. L'Orange fantasy est délicieux !
Entrée du moustique Ah ! Un moustique !
Cinderella-chan, un moustique ! *Elle s'agite dans tous les sens* Oh non elle n'est pas là ! Au secours ! *Le moustique repart.*

Un temps. On dirait qu'il est parti. *Elle soupire* Ce moustique m'a fait peur. Je devrais me mettre de l'autre côté où il y a pas de buisson... Mais c'est au soleil... il va faire chaud. Et sauter partout comme ça m'a fait transpirer... J'ai encore plus chaud comme j'ai mon maillot de bain en dessous. Si j'avais su, j'aurais porté mes sous-vêtements à la place. *Elle soupire* Mais ça sera sûrement encore meilleur quand j'arriverai enfin à la piscine ! *Enjouée, elle se balance* Un peu de fraîcheur ! J'ai hâte ! *Nouveau message, son du téléphone* Ah. C'est Cinderella ! *Elle lui a envoyée un selfie où elle fait une grimace. Buttercup est ravie* Cinderella, tu es tellement drôle. Quelle tête je peux faire moi ? *Elle fait une grimace kawaii et se prend en photo. Elle regarde* Ce n'est pas très original. Et celle-là ? *nouvelle tentative. Photo* Ce n'est pas beaucoup mieux. Mais ça ira ! *Elle écrit le message* « Je ne perdrai pas contre toi! » *Retour du moustique, elle saute et crie* Ne suce pas mon sang ! *elle court* Mon sang n'est même pas bon ! Bon d'accord, tu peux sucer mon sang mais ne me fais pas me gratter ! Oh, mais oui ! J'ai mon spray antimoustique ! *Elle le sort de son sac le pulvérise généreusement sur ses bras* Je suis contente de l'avoir empruntée à ma mère. Maintenant je suis invincible. *On entend son ventre gargouiller.* Oh. *Elle prend son sac* J'ai faim. Je me suis réveillée tard, je n'ai pas eu le temps de prendre mon petit déjeuner. *elle sort une tablette* Hourra, du chocolat ! *Le chocolat plie comme un roseau. Il est tout fondu. Elle a une grimace désolée* Je vais prendre des chips à la place. *Elle prend un paquet de chips* Oh, ce sont des chips allégées ! J'adore les chips allégées !

Elle mange Elles sont bonnes. *Nouveau message sur le portable* C'est Cinderella. Elle est en train de manger au bar de la piscine. Ça a l'air délicieux. Il y a des cheeseburgers ! J'ai hâte d'en manger un aussi ! *Nouveau message* C'est Goldfish. J'espère qu'elle va bien. *Elle lit* « Si mes parents t'appellent ne décroche pas ». Pourquoi elle veut pas que je décroche ? Elle est fâchée avec eux aussi ? *Elle commence à taper une réponse* « Pourquoi... » *Nouveau message* Cinderella ! Elle va se lancer sur le toboggan ! Avec son portable ? J'espère qu'il ne craint pas l'eau. *Elle s'agite un peu* Si j'avais des super-pouvoirs, je déformerais le temps pour la rattraper ! *Elle charge son énergie lolita et se met à sauter* Dé-forme ! Dé-forme ! Je plaisante. Je veux aller sur le toboggan. Si j'ai peur, je demanderais à Cinderella de venir avec moi... Ils ont sûrement un grand bassin aussi. Je veux juste flotter. *Nouveau message* C'est le journal de la ville... qu'est-ce c'est...! A la maison d'Iruka, on a retrouvé...

Elle pâlit et retient un cri. Un temps, léger noir, bruit de train

SCENE 3

BUTTERCUP puis **CINDERELLA** Même lieu, un peu plus tard

BUTTERCUP - Je n'arrive pas à joindre Iruka...! Il faut que j'écrive à Cinderella. Quoi, j'ai encore raté le train ? *Nouveau message* C'est Cinderella avec sa serviette ! Il faut que je lui écrive ! *Elle essaie de lui écrire un message* « Il est arrivé quelque chose... quelque chose de terrible... » *Nouveau message* Pourquoi elle m'envoie des photos de nuages ? Comment ça, en forme de cœur ? Est-ce que ça voudrait dire...? Il faut que je finisse mon message ! *Elle continue* « La sœur d'Iruka a été retrouvée dans sa maison... sans vie... » *Nouveau message* C'est Cinderella ! *elle ouvre le message* Ah, mais c'est une autre fille ! Pourquoi elle photographie une autre fille ? Elle est toujours en train de draguer... Oh mince, mon message...! *Nouveau message* Le quai de la gare ? Où est-elle donc ? *Elle écrit «* sans vie... pas de trace d'Iruka... il faut qu'on se retrouve, je t'attends... *bruit de train qui passe, on entend pas le reste.* Je l'envoie ! *Elle clique sur envoyer. Cinderella arrive près d'elle* Ah, Cinderella !

CINDERELLA – Coucou Buttercup ! Comme tu as transpiré ! *elle aperçoit la cannette* Est-ce que je peux prendre de ton Orange Fantasy ? j'adore ça !

BUTTERCUP – Écoute Cinderella, il y a un problème... en fait...

CINDERELLA : *buvant* Hum... oh c'est trop bon. *portable de Cinderella qui sonne. Nouveau message* Tiens, quelqu'un m'a écrit.

BUTTERCUP – Cinderella...

Cinderella regarde le message et devient livide. Elle regarde Buttercup Un temps. Noir

SCENE 4

Côté Jardin : **GOLDFISH** ; **IRUKA** *Dans une cave anciennement condamnée. Côté Cour :* **BUTTERCUP** ; **CINDERELLA** *A une table*

Iruka est au centre d'un cercle de magie à l'avant-scène. Elle respire étrangement, comme un animal à l'agonie. Entre Goldfish sur le côté. Elle avance doucement.

GOLDFISH – Iruka... je sais que tu es là. Je sens ta présence. Cela fait des années que tu n'étais pas venue dans la cave de ton ancienne maison. *Elle a un petit sursaut* J'ai glissé. C'est un peu humide. Qu'est-ce qui s'est passé chez toi ?

Lumière sur Buttercup et Cinderella.

BUTTERCUP – Ils ont retrouvé son corps calciné...

CINDERELLA – Ce n'est pas elle, ce n'est pas possible, elles ont été victimes d'une attaque je ne vois que ça.

GOLDFISH – C'est ta sœur, c'est ça ? Tu lui as fait payer ce qu'elle t'a fait. Je te comprends, Iruka-sempai...

CINDERELLA – Il faut qu'on la retrouve !

GOLDFISH – Tu n'es plus très loin, je le sens.

BUTTERCUP – Mais comment savoir où elle est allée ?

GOLDFISH - Tu ne peux pas nous abandonner, elles te cherchent aussi, tu le sais bien, tu les vois.

CINDERELLA – Rappelle-toi quand nous étions petites... où allions-nous toujours jouer à cache-cache ?

GOLDFISH - Cinderella te cherche...

BUTTERCUP – Dans l'ancienne maison de Iruka... mais plus personne n'y habite maintenant. Ils ont jamais réussi à la vendre...

IRUKA – Laisse-moi ! Ne m'approche pas !

CINDERELLA – Précisément ! C'est là que nous irons la chercher !

GOLDFISH – Tu l'as toujours préférée à moi, je le sais bien.

CINDERELLA – Moi, elle m'écoutera !

IRUKA – Va t-en ! Laisse-moi !

CINDERELLA - Je la ramènerai à la raison !

GOLDFISH – C'est dangereux ici, prends-moi la main, ne reste pas ici, toute seule...

BUTTERCUP – Je viens avec toi.

IRUKA – N'approche pas ! Surtout ne me touche pas...

CINDERELLA – C'est à une heure de route... viens. *Elle sort au fond, suivie de Buttercup Pendant qu'elles marchent, Goldfish approche sa main du cercle où son amie brille*

IRUKA – Non ! *Bruit d'éclair et de fracas. Noir. Le cercle disparaît.*

SCENE 5

BUTTERCUP ; **CINDERELLA** ;
GOLDFISH (au sol) ; **IRUKA**

Dans une cave anciennement condamnée.

Quand la lumière s'allume. On voit Goldfish à terre, inanimée. Iruka tremble, assise à côté, les jambes serrées contre sa poitrine. Buttercup et Cinderella entrent et avancent doucement vers l'endroit où se trouve Iruka

BUTTERCUP – J'ai peur Cinderella

CINDERELLA– Prends-moi la main, ça va aller.

BUTTERCUP – Il fait noir, je n'aime pas ça.

CINDERELLA– Pense à quelque chose que tu aimes. Pense à un troupeau de licornes qui descend d'un arc-en-ciel.

BUTTERCUP – Allons nous-en et appelons la police.

CINDERELLA – On peut pas faire ça, c'est notre amie. Il faut qu'on la retrouve. Une fois qu'on lui aura parlé, on pourra rentrer chez nous et manger plein de glaces.

BUTTERCUP – A la fraise ?

CINDERELLA – Oui, avec une tonne de chantilly.

Elles continuent d'avancer et voient le corps de Goldfish.

BUTTERCUP – C'est Goldfish! *Elle s'agenouille à côté d'elle.* Elle ne respire plus!

CINDERELLA- *elle s'agenouille également et prend le poignet de Goldfish pour prendre son pouls.* Elle est morte.

BUTTERCUP – Qu'est-ce que tu dis ? Ce n'est pas possible, tu crois qu'elle est... *Cinderella hoche la tête, elle se met à respirer plus fort.* Qu'est-ce qui s'est passé ? Allons nous-en, je t'en prie !

IRUKA - *qui était immobile jusqu'à présent, se met à bouger.*

CINDERELLA – Iruka, c'est toi ? Silence Qu'est ce qui est arrivé à Goldfish ? *Silence*

IRUKA – Elle m'a touché.

BUTTERCUP – *en pleurant.* Pourquoi tu as fais ça ? On était amies toutes les quatre. On passait des bons moments.

IRUKA – Laissez-moi, vous pouvez pas comprendre.

CINDERELLA – Tu avais dit que tu arrêterais la magie, tu l'avais promis ! Tu vois le résultat ? Tu vois ce que ça a fait ?

IRUKA – Ce que je vois c'est que je suis plus

puissante que vous maintenant. Je suis plus puissante que toi. Moi aussi j'attire l'attention. Plus que toi. On parle de moi maintenant. Tout le monde cite mon nom dans les journaux. Et toi, tu me regardes, tu as même peur de ne plus soutenir mon regard...

CINDERELLA– Je t'en prie, calme-toi...

IRUKA – Je suis empoisonnée, ce sort me dévore, si tu me touches l'une de nous va mourir...

CINDERELLA – C'est dans ta tête, ces flux, ce sont nos pensées, nos énergies, ne te condamne pas... Tu ne vas pas bien, tu as besoin d'aide, c'est tout, ça peut arriver à tout le monde d'avoir besoin d'aide... *Elle commence à s'étouffer*

BUTTERCUP – Arrête ! Laisse-la !

CINDERELLA – Je ne te laisserai pas tomber... je te demande...

IRUKA – Je n'entends rien, tu peux répéter ?

CINDERELLA – C'est grave ce qui s'est passé... il faut que... *elle étouffe de plus en plus*

BUTTERCUP – Laisse-la tranquille !

IRUKA – Et comment tu penses m'en empêcher ? Tu t'en crois capable ? Tu ne sais pas ce que c'est que la magie. *Buttercup commence à étouffer à son tour*

CINDERELLA – Elle non. Mais moi, oui.

Duel de magie. Les filles affrontent leurs énergies. Iruka a le dessus dans un premier temps mais Cinderella se reprend et!Iruka finit pat tomber inanimée

CINDERELLA – Mon amour, mon ange noir, pardonne-moi. Pardonne-moi.

BUTTERCUP – Tu es vivante !

CINDERELLA – Je ne la reverrai jamais.

BUTTERCUP – Cinderella, il y a quelque chose que je voudrais te dire...

CINDERELLA – Je l'aimais, Buttercup. Je l'aimais. *Buttercup la prend dans ses bras derrière son dos, Cinderella sursaute*

BUTTERCUP – Tu m'as sauvée, on va venir nous chercher. Je crois que tu es la lolita la plus célèbre de tout l'univers.

CINDERELLA – Je ne suis plus une lolita.

BUTTERCUP – Moi non plus, je ne le serai plus jamais. *Elle lui prend les mains, Cinderella se retourne, elles se regardent, mains jointes. Noir progressif*

FIN

© 2016, Delphine Thelliez

Edition : BoD - Books on Demand
12/14 rond-point des Champs Elysées, 75008 Paris
Impression : Books on Demand GmbH, Norderstedt, Allemagne
ISBN : 9782322131723
Dépôt légal : Novembre 2016

FSC
www.fsc.org

MIXTE

Papier issu
de sources
responsables
Paper from
responsible sources

FSC® C105338